【 名 家 诗 歌 典 藏 】

俄罗斯抒情诗精选

〔俄罗斯〕普希金等 著 曾思艺 译

长江出版传媒 | 长江文艺出版社

图书在版编目（CIP）数据

俄罗斯抒情诗精选 / (俄罗斯) 普希金等著；曾思艺译. -- 武汉：长江文艺出版社， 2022.4
（名家诗歌典藏）
ISBN 978-7-5702-2440-1

Ⅰ. ①俄… Ⅱ. ①普… ②曾… Ⅲ. ①抒情诗－诗集－俄罗斯 Ⅳ. ①I512.2

中国版本图书馆 CIP 数据核字(2021)第 221318 号

俄罗斯抒情诗精选
ELUOSI SHUQINGSHI JINGXUAN

责任编辑：周　聪　郭良杰	责任校对：毛　娟
封面设计：颜森设计	责任印制：邱　莉　王光兴

出版：长江出版传媒　长江文艺出版社
地址：武汉市雄楚大街 268 号　　　邮编：430070
发行：长江文艺出版社
http://www.cjlap.com
印刷：湖北新华印务有限公司

开本：880 毫米×1230 毫米　　1/32　　印张：7.5　插页：8 页
版次：2022 年 4 月第 1 版　　　2022 年 4 月第 1 次印刷
行数：5400 行

定价：39.00 元

| 目 录 |

丘特切夫

柯尔卓夫

莱蒙托夫

梅列日科夫斯基

巴尔蒙特

吉皮乌斯

帕斯捷尔纳克

蒲宁

茨维塔耶娃

谢苗·波洛茨基（Симео́н По́лоцкий，1629—1680），俄语音节诗体的创始人、俄罗斯戏剧的奠基人，也是俄国的第一位职业宫廷诗人。他最早使诗歌与神学分离，并创立了俄语的音节诗体。其诗集《多彩的花园》（1678）句法结构精巧复杂，主题多种多样，富于人生哲理，往往"寓教于乐"，属于哲理诗范畴。这种哲理诗在俄罗斯诗歌史上具有开拓意义，对后世的诗歌有一定的影响。

酒

对于酒，不知该称誉还是责难，
我同时把酒的益处和害处分辨。
它有益于身体，却受控于本能的淫邪力量，
刺激起有伤风化的种种欲望。
因此作出如下裁判：少喝是福，
既促进健康，又不带来害处，
保罗也曾向提摩太提出类似建议，
就在这一建议中蕴含着酒的奥秘。

1678

白昼与黑夜（组诗）

1. 晨星

明亮的晨星使沉沉的黑夜消散，
　用红艳艳的霞光把白昼送往人间，
催促人们日出而作：或者在深水里头

捕鱼，或者在茫茫荒野猎取飞禽走兽，
不同人干不同的活。如果有谁白天呼呼大睡，
　　那就让他一生都摆脱不了穷困饥馁。

2. 正午

太阳已飞奔到天穹中央，
　　庄稼地暑气蒸腾，牛群被阳光灼伤，
它们纷纷抛下劳作寻找凉快躲到水边的树荫中，
　　割麦人用食物和酣睡来恢复体力保证劳动，——
大自然总是这样慈父般地安排人们的作息，
　　它还制定了世上万物必须遵守的法则和规矩。

3. 傍晚

正如黎明预告白天到来，傍晚同样预告黑夜的降临，
　　牛群回到牛圈，农夫也回屋安寝；
他放下木犁，用面包温饱辘辘饥肠，
　　他用这些食物来恢复劳动中损耗的能量；
他还用香甜的睡眠来舒缓困乏的肉体，——
　　正如上帝所安排的，因为睡眠会使白天的劳作得以安谧。

4. 黑夜

沉沉黑夜用恐怖的黑色罩住了大地，

它常常让头脑中藏有的那些歹念恶意

原封不动地衍生出种种诽谤、仇恨和歪理，

　　但这黑夜中还有自己的娱乐和游戏，

而且它们有时还十分有益；可只有聪明人才对黑夜保持警惕，

　　他们喜欢白天，但即便在黑夜里也总是循规蹈矩。

1678

持之以恒

击穿巨石并非一滴水的力量，

而是因为水滴终年不停地滴在那石上，

学习也是这样：如果尔生而不敏，

那你就持之以恒坚持学习，直到明理又多闻。

1678

特列佳科夫斯基

瓦西里·基里洛维奇·特列佳科夫斯基（Васи́лий Кири́ллович Тредиако́вский，1703—1769），俄国古典主义文学的代表作家，俄语重音诗体的创始人，最早尝试把波洛茨基的音节诗体改为更适合俄语特点的重音诗。其诗典雅庄重，也充满柔情。

恋 曲

撼人心魂的美丽，
　颠倒众生，使人痴迷！
　既然已把我俘虏，
　既然已把我征服，
恳求你开开恩，
给我一份爱情：
　亲爱的，我爱你，
　爱得都迷失了自己。

恳求你开开恩，
与我永结同心；
切不要心如铁石，
比命运更严厉；
我不敢当面发问，
怕的是你羞愧生愠。
　亲爱的，我爱你，
爱得都迷失了自己。

双眸明如秋水！
　话语美若朝晖！

甜蜜蜜的双唇，

　　竟然如此红喷喷！
即便你不肯垂青，
我怎能不奉献至诚？
　　亲爱的，我爱你，
爱得都迷失了自己。

唉！我茫然失神，

　　恰似死神降临，
到底是什么原因
　　把你对我的一份爱情，
全都化为乌有？
可我仍痴心地乞求：
　　爱我吧，亲爱的，
　　千万要记住我。

1730

没有爱情，也没有激情……

没有爱情，也没有激情，

　　所有的日子都令人厌恶不已：
应该深深呼吸，以便令

爱情的甜蜜甜透心底。

如果生活中没有爱情，

　　每一个日子该怎么度过？

既然已没有人垂青，

　　那么还有什么值得再经磨折？

唉，假如生活令人难以忍受，

　　谁还会有激情！

可心灵对爱情一味因循守旧，

　　只能毫无乐趣地步入晚景。

如果生活中没有爱情，

　　每一个日子该怎么度过？

既然已没有人垂青，

　　那么还有什么值得再经磨折？

1730

加甫利尔·罗曼诺维奇·杰尔查文（Гаврии′л Рома′нович Держа′вин，1743—1816），18世纪末杰出的俄国诗人，以古典主义风格著称。他既写颂诗歌颂君王的德政，也写讽刺诗揭露官僚中的腐败现象，更写哲理诗探索生死之谜。他的诗一方面对普希金、十二月党人诗人等产生了深刻的影响，另一方面也对茹科夫斯基尤其是丘特切夫等产生了重大影响。普希金曾称他为"俄罗斯诗人之父"。

别　离

无法逃脱的命运，
使你和我劳燕分飞，
带着剧痛的呻吟，
我将离别你的香闺；
我无法忍受愁苦，
镇日里以泪洗面，
我无法用言语表述，
只能在心里说：再见。
我吻着你的纤纤素手，
我吻着你的清清明眸。
掉头策马离你远走，
我没有力量也不能够。
我吻着你，茫然若失，
我把整个心交给你，
也渴盼从你的口里，
把你那颗芳心获取。

70 年代初

十四行诗

美人，你千万别白白地浪费时间，
要知道，没有爱情世上的一切纯属徒劳：
你要珍惜，可不能丧失动人的美貌，
以免因虚度一生而满怀伤感。

趁你的心还激情盈溢，快热爱青春华年；
等到这一生过尽，你不再是原来的你。
快为自己编好花环，趁百花正艳丽，
快趁春天去逛花园，到秋天将阴雨绵绵。

快欣赏，快欣赏那火红的玫瑰，
等到它的叶子一片片凋萎：
你的美貌也将像它一样萎谢。

趁你还没衰老，别浪费自己的时间，
要知道，等到你的美貌像那玫瑰凋谢，
那时谁都不愿意再看你一眼。

70 年代初

爱情的诞生

遍身鲜花环绕，
春天从天上翩翩返回，
她满脸绽开微笑，
灿丽着青春的美。
她嫣然一笑，大地上
玫瑰和百合便纷纷怒放，
盈盈芬芳莺飞蝶忙，
蜂蜜在绿叶上闪闪发亮；
欢笑嬉闹的回声，
在丛林里到处飘萦，
快乐和幸福已经临幸，
爱情也为我们而诞生！

1799

金字塔

我看见

红霞初现，

闪烁的红光，

恰似闪闪烛光，

灿烂了漫漫黑暗，

给整个心灵带来欣喜若狂，

然而是什么——是因为太阳霞光才如此美丽？

不！——金字塔——本身就是美好事业的回忆。

1809

瓦西里·安德烈耶维奇·茹可夫斯基（Васи́лий Андре́евич Жуко́вский，1783—1852），俄罗斯诗人，彼得堡科学院院士。他的诗充满感伤主义的幻想，融浪漫主义手法及象征手法于一体，思考人生哲理，对普希金、丘特切夫、费特等大诗人都有较大影响。最主要的代表作为长诗《斯维特兰娜》《十二个睡美人》。

黄 昏

（哀歌）

小溪，在亮闪闪的沙砾上潺潺流过，
你那轻袅袅的和声多么令人欣喜！
你波光闪闪，一路奔流到大河！
　　快来吧，哦，美好的缪斯，

头戴嫩汪汪的玫瑰花环，手拿金晃晃的芦笛；
朝着飞沫四溅的河水若有所思地低垂双鬓，
在睡思昏昏的大自然的怀抱里，
　　纵情歌唱，用歌声激活暮霭沉沉的黄昏。

日落西山时分是多么令人着迷——
此时田野躲进了阴影，似被移远的丛林，
和在如镜的碧水中摇漾的城市，
　　全都染上一层红紫紫的晚霞余晕；

一群群牛羊从金灿灿的山丘奔向河边，
它们那喧闹的吼叫在水上更加响亮；
渔夫收拾好渔网，划着轻便的小船，
　　驶向那灌木丛生的河岸；

船夫们渔歌唱和，小船纷纷聚集，
一叶叶船桨齐心协力劈开水流；
农夫们掉转犁头，纷纷走下田地，
　　沿着有很多大土块的垄沟……

早已是黄昏……天边的云彩渐渐暗淡，
最后一缕霞光正从塔楼上消逝；
河面上最后一片亮晃晃的波光，
　　也同暗淡无光的天空彻底隐匿。

万籁俱寂：丛林在酣睡；四周一片静谧；
我藏身于长弯弯柳树下的青草丛，
凝神细听，那汇入大河的小溪，
　　在繁枝茂叶的丛林里一路淙淙。

草木的清香中透入了黄昏的凉爽！
寂静中水流的哗哗拍岸声多么美妙！
微风在水面轻轻轻轻地摇漾，
　　软柔柔的柳树轻舞丝条！

河面上隐隐传来芦苇轻摇的簌簌声，
远处公鸡的啼唤惊扰着沉睡的村庄；
我听见长脚秧鸡在草丛中野性地欢鸣，

菲洛墨拉①在森林中拉长调痛苦地吟唱……

可那是什么？……什么样神奇的光在远处闪现？
东方云遮雾罩的山岭燃炽起一片火红；
黑暗中，汩汩的泉水迸溅出一个个闪耀的星点，
　　椈木林倒映在河水中。

一钩新月冉冉升起，从山那边……
啊，沉思的天穹中恬静的星球，
你的清辉是怎样荡涤着树林的昏暗！
　　你又是怎样为河岸镀上一层淡淡的金釉！

我静坐沉思；浮想联翩；
回忆带我飞回逝去的时光……
啊，我生命的春天，你飞逝如箭，
　　带着你的无限欢乐和百结愁肠！

你们在哪里，我的朋友，我的旅伴？
难道我们从此再不能欢聚一堂？
难道快乐的一切泉源都已枯干？
　　啊，你们，死去的至乐无上！

———————

①　希腊神话中阿提刻（雅典及其附近地区）国王潘狄翁与妻子宙克西珀的女儿，后被神变为夜莺。

啊，兄弟！啊，朋友！如今安在，我们神圣的圈子？

赞美缪斯和自由的高昂歌儿今在何方？

冬日暴风雪肆虐中的酒神欢宴又在哪里？

　　哪里还有我们面对大自然发出的誓言，

它使兄弟般的友谊之火永远炽燃？

而今，朋友们，你们在哪里？……也许，每个人都在各走其径，

没有同伴，背负着怀疑的重担，

　　万般沮丧，心灰意冷，

蹒跚着走向死气沉沉的命定深渊？……

这一个①——昙花一现——睡着了，而且永世长眠，

挚爱的泪水淋湿了过早夭折的木棺。

　　另一个②——啊，愿上天公正裁判！……

而我们……难道会破坏友谊成为异己？

难道美女的顾盼，荣耀的追寻，

抑或被视为尘世幸运的空洞荣誉，

　　能在心灵深处消泯，

那关于心灵的欢乐，关于青春时光的幸福，

关于友谊，关于爱情，关于缪斯的回忆？

---

① 指诗人的朋友安·屠格涅夫（Андрей Иванович Тургенев，1781—1803）。

② 指诗人寄宿中学的朋友谢·罗德将柯（Семен Емельянович Родзянко，1782—1808），作家；毕业后患精神病。

不，不！就让每个人跟随自己的命运上路，
　　　但在心底深爱着那些不能忘怀的东西……

我被命运判定：在人所不知的道路上漫步徐行，
我是宁静乡村的朋友，热爱大自然的美；
黄昏中尽情呼吸槲木林的宁静，
　　　垂目凝望飞沫四溅的河水，

放声歌唱上帝、友谊、幸福和爱情。
啊，诗歌，纯真心灵的纯净硕果！
谁能用芦笛使短如朝露的人生
　　　生气勃勃，谁就会幸福快乐！

在静谧的凌晨时分，烟雾朦胧，
烟笼了田野，雾罩了山冈；
当朝阳东升，给蓝莹莹的丛林
　　　静静地洒满自己的红光，

有人兴高采烈，离开自己的乡间小屋，
赶在槲木林中的鸟儿们睡醒之前，
让竖琴与牧童的芦笛和谐同步，
　　　歌唱太阳的重新露面！

对，这歌唱就是我的使命……但能否长久？……谁又知道？……

唉！也许，很快阿利宾①会趁着黄昏时光，

——他常常与忧郁的明瓦娜在一道，

来到这里，在青年岑寂的坟墓旁沉入冥想！

1806

回　忆

逝去了，逝去了，醉人的时光！

再也没有像你那样的真爱！

你的身影拉长成一片回忆的忧伤！

唉！最好还是让我把你彻底忘怀！

可心儿情不自禁地向你飞去——

我更无法控制爱的滚滚热泪！

思念你——这是多么的悲戚！

但忘记你——却更使我心碎！

哦，那就只有用希望代替忧伤！

我们欣慰——曾幸福得热泪直滴！

---

① 阿利宾是公元三世纪传说中的西欧凯尔特人的弹唱诗人。苏格兰作家麦克菲森（1736—1796）在《莪相作品集》（1765）中描写了他与明瓦娜的爱情。

我将满怀忧伤的回忆慢慢走向死亡！
不过，我还要生活，——唉，并且会忘记！

1816

杰尔维格

安东·安东诺维奇·杰尔维格（一译德尔维格，Анто́н Анто́нович Де́львиг，1798—1831），普希金皇村中学的同学、好友，普希金时代俄国诗坛的杰出代表之一，善写哀歌、田园诗、浪漫曲，尤其善于歌颂爱情，表现人生哲理。著名作品有俄罗斯歌曲系列的《唱吧，唱吧，小鸟……》《夜莺啊，我的夜莺……》《不是秋天的霏霏细雨》等抒情小曲，并被格林卡等音乐家谱成曲，传唱至今。

浪漫曲

美好的日子，幸福的日子——
　　既有朗朗红日，又有绵绵爱情！
阴影已从光秃秃的田野上消失——
　　心空重又大放光明。
快快醒来吧，田野和丛林，
　　让万物勃发出生机：
她属于我，她是我的命！
　　心灵一再向我报喜。

燕子啊，你为何在窗前来回翩飞，
　　你自由自在地唱个不停？
你可是啁啾着在把春天赞美，
　　并且紧随春光呼唤爱情？
你快别靠近我，即便没有你们，
　　歌手心里早已燃起了爱情，
她属于我，她是我的人，
　　心灵反复对我表明。

1823

俄罗斯歌曲（唱吧，唱吧，小鸟……）

唱吧，唱吧，小鸟，
　　　　然后又安静下来；
快乐的心都已知晓，
　　　　然后又全部忘怀。

歌手小鸟啊，你为什么
　　　　不再歌唱？
可是像你一样，心灵
　　　　尝到了黑色的忧伤？

唉！凶狂的暴风雪
　　　　杀死了小鸟；
凶残的风言风语
　　　　残害了勇士！

小鸟啊你还不如飞向
　　　　那蓝澄澄的海洋；
勇士啊你还不如躲进
　　　　那密森森的林莽！

海洋里有巨浪掀天，

      却没有暴风雪施威，

林莽里有凶猛的野兽，

      但没有人言可畏！

                             1824

普希金

　　亚历山大·谢尔盖耶维奇·普希金（Алекса́ндр Серге́евич Пу́шкин，1799—1837），俄国文学之父、俄罗斯诗歌的太阳。其抒情诗内容丰富，形式多彩多姿，感情真诚热烈，形象准确新颖，情调朴素优雅，语言丰富简洁。

致恰达耶夫

爱情、希望、微小的名誉，
只给我们短暂的满足、欺哄，
青春的嬉乐已飘然远逝，
仿若梦境，仿若朝雾蒙蒙；

但我们的心里还燃烧着热望：
尽管残暴政权的千钧重压罩顶，
我们仍怀着急不可待的心情，
时刻在凝神倾听祖国的召唤。

我们忍受着期待的折磨，
等待着神圣的自由降临，
一如那年轻的恋人
等待着忠诚的约会时刻。

趁我们都还为自由激情沸腾，
趁为荣誉献身的心还活力四射，
我的朋友，让我们把心灵的美好激情，
都奉献给我们的祖国！

同志，相信吧，迷人的幸福之星
就要升起，放射光芒，
俄罗斯将从睡梦中苏醒，
而在专制暴政的废墟上，
定会铭刻上我们的姓名！

1818

囚　徒

我坐在湿漉漉的监狱铁栏后，
一只在禁锢中成长的年幼鹰鸷，
我忧郁的同伴，不时把翅膀扇舞，
在铁窗下啄食着带血的食物，

它啄食着，丢弃着，又朝窗外望望，
像是和我有同一种思量；
它用眼神和叫声把我召唤，
仿佛想说："让我们展翅飞翔！

"我们本是自由的鸟儿；时候已到，兄弟，时候已到！
飞到那乌云后熠熠闪光的山腰，
飞到那一碧如洗的海边，

那里只有风在飘舞，还有我做伴！……"

1822

致大海

再见吧，自由恣肆的原始伟力！
这是你最后一次在我面前
蓝闪闪地波翻浪起，
让傲人的美不断闪现。

仿佛朋友那愁苦的绵绵絮语，
仿佛他在临别时的声声呼喊，
这是我最后一次倾听你
忧伤的喧响，响亮的召唤。

你就是我的心愿之乡！
我常常在你的岸边徘徊，
默默无言，满怀忧伤，
为那个珍秘的夙愿①伤悲！

———————————

① 普希金曾打算秘密从海上逃往国外。

我多么喜爱你的回声，

那低沉的音调，悠深的混响，

还有黄昏时分的宁静，

和那激情的任性张扬！

渔夫们那简陋的风帆，

靠着你喜怒无常的保护，

在你的波峰浪谷间勇敢地滑翔，

但当你汹涌澎湃不可抗拒，

成群的渔船就会沉入深渊。

我曾试图永远离开你

那枯燥寂寞的静静海岸，

我愿欣喜若狂地祝贺你，

并让我的诗情紧随你的波涛飞驰，

可这一切我都未能如愿。

你在期待，你在召唤……我却被桎梏；

我的心拼命挣扎也是枉然，

我已被一种强烈的激情深深迷住①，

不得不留在你的岸边。

有什么可惋惜？而今哪里

---

① 此处指与总督沃龙佐夫的夫人沃龙佐娃的恋爱。

才是我逍遥自在的路径？
在你的荒漠中只有一件东西，
会使我的心灵震惊。

那是一个峭岩，一个光荣的坟冢……
种种伟大庄严的回忆，
在那里纷纷沉入一个寒梦：
拿破仑就在那里与世长辞①。

他已在那里的苦难中安息，
紧随他，像风暴的喧响，
另一个天才又飞离我们而去②，
我们思想的另一个君王。

他走了，自由为他悲泣，
他把自己的桂冠留给世界。
喧腾吧，让惊涛骇浪怒卷成恶劣天气，
啊，大海，他曾经是你的歌颂者。

他是你形象的生动反映，
他是用你的精魂铸造而成，
像你一样，强大，深邃，郁闷，

① 指南大西洋中属于英国的圣赫勒拿岛，1815 年拿破仑在滑铁卢战败后被流放到这里，1821 年在这里去世。
② 指英国诗人拜伦，他 1824 年牺牲于希腊。

像你一样，没有什么能把他战胜。

世界已空空荡荡……而如今，
你将把我带到什么地方，海洋？
人们到处都是同样的命运：
不是文明，就是暴君，
严守在凡是有着幸福的地方。

再见吧，大海！我不会忘却
你那崇高壮丽的容光，
我还将久久地，久久地，
聆听你黄昏时分的喧响。

我将把你充满整个心灵，
带着你的峭岩，你的海湾，
你的闪光，你的絮语，你的身影，
走进那森林，走进那静默的荒原①。

1824

---

① 指诗人即将离开南俄，而被幽禁到俄国北方偏僻的米哈伊洛夫斯克村。

致凯恩

我记得那美妙的一瞬，
你在我面前翩翩降临，
仿若转瞬即逝的幻影，
仿若纯洁之美的化身。

当绝望的忧伤让我烦恼不堪，
尘世喧嚣的劳碌使我慌乱不宁，
你温柔的声音总萦绕在我耳边，
你可爱的倩影常抚慰着我的梦。

岁月飞逝。狂烈的暴风雨
把往日的梦想吹得风流云散。
我忘记了你温柔的轻语，
和你那天仙般的容颜。

幽禁在阴郁荒凉的乡间，
我苦捱时日，无息无声，
没有崇拜的偶像，没有灵感，
没有眼泪，没有生命，也没有爱情。

我的心猛然间惊醒：

你又在我眼前翩翩降临，
仿若转瞬即逝的幻影，
仿若纯洁之美的化身。

心儿重又狂喜地舒绽，
一切重又开始苏醒，
又有了崇拜的偶像，有了灵感，
也有了生命，有了眼泪，有了爱情。

1825

假如生活欺骗了你……

假如生活欺骗了你，
不要悲伤，也不要气恼！
沮丧的日子暂且抑制自己，
相信吧，快乐的时光就要来到。

心儿总是迷醉于未来，
现在总令人沮丧、悲哀：
一切昙花一现，飞逝难再，
而那逝去的，将变得可爱。

1825

小 花

一朵枯干、毫无芳香的小花，
我发现被遗忘在一本书中；
各种各样稀奇古怪的想法，
一下子充满了我的心胸：

它开在何处？何时？初春仲春暮春？
艳丽是否长久？又是谁把它摘下，
那只手是熟悉还是陌生？
却又为何把它往书中夹？

是纪念一次幽会，堪称柔情刻骨，
或是纪念一次命中注定的离分，
抑或纪念一次孤零零的散步，
在僻静的山野，在寂静的林荫？

他是否还活着，或她是否还健旺？
如今他们的家又在哪？
或许他们早已死亡，
一如这朵没人知道的小花？

1828

我爱过您……

我爱过您，也许，那爱情
还在我心底暗暗激荡；
但让它别再惊扰您；
我不想给您带来丝毫忧伤。
我曾默默而无望地爱着您，
时而妒火烧心，时而胆怯惆怅；
我那么真诚，那么温柔地爱您，
愿上帝保佑别人爱您也和我一样。

1829

致诗人

诗人！切莫看重大众的热爱！
狂热赞誉的喧嚣转瞬即逝，
你会听到俗众的冷笑，蠢货的责怪！
但你仍要坚强，沉静和刚毅。

你就是帝王：尽管特立独行，

自由的心灵会引导你走自由的道路，

让你心爱的智慧果实更完美芬馥，

这崇高的功勋不要求奖品。

奖赏就在你手上。你就是自己最高的法官，

你会对自己的劳动作出比任何人更严厉的评判。

你对自己的成果满意吗，苛刻的艺术家？

感到满意？那就听凭俗众去责骂，

听凭他们在你心火燃烧的祭坛喧哗，

听凭他们像顽童摇撼你的供桌支架。

1830

纪念碑

我建造了一座纪念碑①。

我为自己修建了一座非人工的纪念碑，

人们走向那里的路径上将寸草不长，

---

① 原文为拉丁文，引自古罗马诗人贺拉斯（前65—前8）的名诗《纪念碑》。

它那不屈的头颅直接霞晖，

　　高耸在亚历山大纪念柱之上。

不，我不会彻底死去——我的灵魂将存活于竖琴①，

而逃避腐烂，比骨灰活得更为久长，——

只要这月光下的世界还有一个诗人，

　　我就会美名永远流传。

我的名字将传遍伟大俄罗斯的山麓水滨，

她所有民族的语言都会说着我的姓名，

无论是斯拉夫人高傲的子孙，芬兰人，

　　还是至今未开化的通古斯人，草原之友卡尔梅克人。

我将长久地被人民喜爱依旧，

因为我曾用竖琴唤起善良的感情，

因为我在这严酷的时代歌颂过自由，

　　还曾为倒下的人呼唤过宽容。

哦，缪斯，请听从上帝的旨意，

不要害怕欺辱，也不希求桂冠，

无论赞美还是诽谤，都漠然置之，

　　也不要去和蠢人争辩。

　　　　　　　　　　　　　　　　　　1836

---

① 竖琴是诗歌的象征。

　　费多尔·伊万诺维奇·丘特切夫（Фёдор Ива'нович Тю'
тчев，1803—1873），其诗赞美大自然，歌颂爱情、友谊，关心
社会政治问题，对人、自然、心灵、生命之谜等本质问题进行了
长期、执着、系统的探索，把深邃的思想、瞬间的境界、丰富的
感情、精致的形式结合起来。形式短小精悍，语言精练优美，思
想和手法颇为现代——既富于哲学深度，又富有绘画美、音乐
美，同时还具有象征主义色彩，形成了俄国诗歌史上的哲理抒情
诗风。他的诗歌对俄国象征派及苏联"静派"（一译"悄声细语
派"）诗歌影响很大。

好像海洋围抱着陆地……

好像海洋围抱着陆地，
尘世的生命被梦笼罩；
黑夜降临——自然的伟力
　　击打着海岸，以轰鸣的波涛。

它在逼迫我们，乞求我们……
魔魅的小舟已从码头扬帆；
潮水飞涨，迅疾地把我们
　　带到黑浪滚滚的无垠深渊。

星星的荣光灼灼燃烧的苍穹
从深邃的远方神秘地向下凝眸，——
我们漂游着，深渊烈火熊熊，
　　从四面八方包围着小舟。

　　　　　　　　　　　　　1830

沉默吧①！

沉默吧，隐匿并深藏
自己的情感和梦想——
一任它们在灵魂的深空
仿若夜空中的星星，
默默升起，又悄悄降落，——
欣赏它们吧，——只是请沉默！

你如何表述自己的心声？
别人又怎能理解你的心灵？
他怎能知道你深心的企盼？
说出来的思想已经是谎言②。
掘开泉水，它已经变浑浊，——
尽情地喝吧，——只是请沉默！

---

① 原文为拉丁文：SILENTIUM。

② 古今中外的哲人们对此往往英雄所见略同。我国的《周易》早就说过"言不尽意"，老子也说过"道可道，非常道"，庄子说得更加明确，"意之所随者，不可以言传也""可以言论者，物之粗也；可以意致者，物之精也"。德国的歌德认为："词语只是给思想以定义，因而也就局限住思想的内涵。"尼采则宣称："我们能用语言表达的东西其实在我们心中已死；言说行为本身总有某种轻蔑的意味。"

要学会只生活在自己的内心里——

那里隐秘又魔幻的思绪

组成一个完整的大千世界，

外界的喧嚣只会把它震裂，

白昼的光只会使它散若飞沫，

细听它的歌吧，——只是请沉默①！

1830，1854

我记得那金灿灿的时分……②

我记得那金灿灿的时分，

我记得那心爱的地方：

日已黄昏；只有我们两人；

多瑙河在暮色中哗哗喧响。

---

① 大哲学家罗素在《西方哲学史》中的一段话，可以深化对这首诗的理解：
"在人间万事的安排上，似乎并没有任何合理的东西。那些顽固地坚持要在某个地
方能找出道理来的人们，就只好遁求于自己并且像弥尔顿的撒旦那样认定：心灵
是它自己的园地，在它自身里可以把地狱造成天堂，把天堂造成地狱。"这首诗是
列夫·托尔斯泰最喜爱的丘诗之一，他宣称："多么妙不可言的东西！我不知道还
有比它更好的诗歌……"

② 这首诗中"年轻的仙女"，指的是阿玛莉雅·克留杰涅尔男爵夫人
（1808—1888，娘家姓冯·莱亨菲尔德）。她1823年与丘特切夫相识并相恋，但因
父母反对1826年嫁给了诗人的同事克留杰涅尔男爵。本诗写的是他们交往中最富
诗意也最刻骨铭心的一个情景。涅克拉索夫对这首满蕴诗情画意的诗非常赞赏，
认为它属于丘特切夫本人，甚至是全俄罗斯最优秀的诗歌之列。

山岗上有一座古堡的废墟，
闪着白光，面朝着远方；
你亭亭玉立，年轻的仙女，
倚在苔藓茸茸的花岗岩上。

你用一只纤秀的脚掌，
触碰着古老的巨石墙体；
太阳正慢慢慢慢沉降，
告别山岗、古堡和你。

温和的清风轻轻吹过，
柔情地抚弄着你的衣裳，
还把野苹果树上的花朵，
一朵朵吹送到你年轻的肩上。

你纯真无虑地凝望着远方……
阳光渐暗，烟雾弥漫天边；
白昼熄灭；小河的歌声更加响亮，
热闹了夜色苍茫的两岸。

你满怀无比轻快的欢欣，
度过了幸福快乐的一天时光；
而那白驹过隙的生命之影，
正甜蜜蜜地掠过我们头上。

1834—1836

杨柳啊……

杨柳啊，是什么使你
对奔流的溪水频频低头？
为什么你那簌簌颤抖的叶子，
好像贪婪的嘴唇，急欲
亲吻那瞬息飞逝的清流？

尽管你的每一枝叶在水流上
痛苦不堪，颤栗飘摇，
但溪水只顾奔跑，哗哗歌唱，
在太阳下舒适地闪闪发光，
还无情地将你嘲笑……

1836

灰蓝色的影子已一个个融合……①

灰蓝色的影子已一个个融合，

---

① 这首诗托尔斯泰很喜欢，并且常常朗读，有时还满眼含泪。

色彩变暗淡，声音已寂静——
生命、运动都已突然化作
模糊的暗影，遥远的轰鸣……
已看不见夜空中飞行的飞蛾，
但能隐约听见它的振翅声。
难以言喻的忧郁时刻！……
万物在我中，我在万物中……

恬静的黑暗，酣睡的黑暗，
请快快哗哗流进我的深心，
静悄悄、懒洋洋、香喷喷的黑暗，
请淹没一切，使一切宁静！
让那忘我的昏黑
在我的感觉中满溢！
让我饱尝湮灭的滋味，
同安谧的世界融为一体！

1836

喷　泉

看啊，这明亮的喷泉，
像灵幻的云雾，不断升腾，

它那湿润的团团水烟，

在阳光下闪闪烁烁，缓缓消散。

它像一道光芒，飞奔向蓝天，

一旦达到朝思暮想的高度，

就注定四散陨落地面，

好似点点火尘，灿烂耀眼。

哦，宿命的思想喷泉，

哦，永不枯竭的喷泉！

是什么样不可思议的法则

使你激射和飞旋？

你多么渴望喷上蓝天！

然而一只无形的命运巨掌，

却凌空打断你倔强的光芒，

把你变成纷纷洒落的水星点点。

1836

我又站在涅瓦河上……

我又站在涅瓦河上，

并且，一如往昔时候，

似乎还活着，再次凝望

这昏昏欲睡的河流。

蓝天上没有一线星光，
白漫漫的魔魅中一切寂静无哗，
只有沉思的涅瓦河上，
流泻着明月的光华。

这一切是我梦中的经历，
还是我亲眼见到的月夜清幽，
身披这溶溶月色，我和你
不也曾活着一起眺望这河流？

1868

在这里，生活曾那样轰轰烈烈……

在这里，生活曾那样轰轰烈烈，
鲜血曾像河水在这里滚滚奔涌，
可到如今又还有什么没有磨灭？
只能见到两三座高巍巍的古冢。

还有两三棵橡树在古冢上挺立，
枝繁叶茂，四处伸展，亭亭如盖，

华美动人，哗哗喧响，一任根须
翻掘起谁人的记忆谁人的骨骸。

大自然对过去一点儿也不知晓，
对我们幻影般的岁月漠不关心，
在她面前，我们模糊地意识到
我们自己——不过是自然的梦。

不管人建立了怎样徒劳的勋业，
大自然对她的孩子一视同仁；
依次地，她以自己那吞没一切
和使人安息的深渊迎接我们①。

1871

---

① 离丘特切夫老家不远，有一个古代俄罗斯的历史残迹——武西日（一译符什日）古城。该城公元900年已经存在，在11世纪中叶成为武西日独立公国的首都。12世纪后期这里发生过长期的激战，1238年春天该城遭到破坏。1871年，当丘特切夫最后一次回到故乡时，还特意去重游了一趟武西日古城，并且创作了这首深刻而极富感染力的诗。诗歌表明，在永恒的时间长河里，人的一切（功业也好，失败也好）都是微不足道的，时间改变一切，时间吞噬一切，真正永恒的，只有大自然。诗中这一份深远的历史感，这一种对人生、自然真相的洞悉，表达得如此深刻凝重，而又如此生动感人，与我国古代的一些著名诗词异曲同工。如唐代诗人刘禹锡的《西塞山怀古》："王濬楼船下益州，金陵王气黯然收。千寻铁锁沉江底，一片降幡出石头。人世几回伤往事，山形依旧枕寒流。今逢四海为家日，故垒萧萧芦荻秋。"明代杨慎的《临江仙·"廿一史弹词"第三段说秦汉开场词》一词的上片："滚滚长江东逝水，浪花淘尽英雄。是非成败转头空。青山依旧在，几度夕阳红……"清代词人纳兰性德的《南乡子》："何处淬吴钩，一片城荒枕碧流。曾是当年龙战地，飕飕，塞草霜风满地秋。霸业等闲休，跃马横戈总白头。莫把韶华轻换了，封侯，多少英雄只废丘。"

名家诗歌典藏

阿列克谢·瓦西里耶维奇·柯尔卓夫（Алексе′й Васи′льевич Кольцо′в，1809—1842），俄国 19 世纪自学成才的农民诗人，其诗歌采用民间歌曲的风格，生动表现了俄国农民的生活和思想。柯尔卓夫是俄国 19 世纪农民诗歌的奠基人，这一派别包括伊·萨·尼基京（1824—1861）、伊·扎·苏里科夫（1841—1880）、斯·德·德罗仁（1848—1930）等诗人。

八行诗

我求求你，请离开我；
我对你的爱早已冷淡。
心里已无往日的情火；
我求求你，请离开我。
没认识你，我自在快乐；
认识了你，我愁眉不展。
我求求你，请离开我，
我对你的爱早已冷淡。

1830 年 7 月 4 日

歌

夜莺啊，你不要
在我的窗前歌唱，
快飞到树林丛中，
快飞向我的故乡！

你可要热爱
我心上姑娘的窗户……
柔情地向她诉说
我思念的痛苦；

你告诉她，没有她，
我憔悴，我枯焦，
就像那入秋时
草原上的青草。

没有她，月亮
在夜里也显得黯淡；
白天的太阳
没有了温暖。

没有她，谁能
给我柔情的爱抚？
休息时，我的头
又伏在谁的胸脯？

没有她，谁的话语
能让我欢乐无穷？
谁的歌声，谁的问候，
能安慰我的心灵？

夜莺啊，你为什么歌唱
在我的窗前？
飞去吧，快飞向
我心上的姑娘！

1832

黑麦，你不要喧闹……

黑麦，你不要喧闹，
别用你成熟的穗儿喧闹！
割草人啊，你也不要
歌唱那草原的无边广袤！

我攒积财富，
是别有原因，
我另有缘故，
想马上做个富人！

年轻的小伙子，
积聚家产，
不是自己的本意——
而是为了心上姑娘！

看见她那双眼睛，
我心里就无比甜蜜。
她的那双眼睛，
满溢着浓浓爱意！

可那双亮汪汪的眼睛，
早已黯淡无光，
她已长眠在墓中，
我那美丽的姑娘！

比大山还沉重，
比半夜还黑暗，
那黑沉沉的悲情，
重压在我心上！

1834

两次分手

"我的美人儿，
你就这样
一下子失去

两个青年。
那你告诉我，
你同第一个
怎样告别
在分手时刻？"

"同他分手，
我很开心：
与他告别时——
我喜笑盈盈……
可是他
那小可怜啊，
却把小脑袋瓜
紧贴在我胸膛；
久久地伏着，
一句话也不说；
热泪直流，
把头巾都湿透……

"'唔，愿上帝保佑你！'
他对我说道，
他牵过马儿，
打马飞跑，
在他乡异地，
把余生苦熬。"

"你竟会

把他嘲弄?

他的泪水

你不相信?

那你现在讲讲,

奇怪的人,

你又是怎样,

和另一个离分?"

"另一个可不那样……

他没有哭泣,

可就是现在

我还在哭泣。

唉,他给过我的拥抱,

是那样冷冷冰冰;

他对我说的话语,

是那样干巴少情:

你瞧,我要走啦,

只离开很短时间;

以后咱俩

还会相见。

那个时候

咱可以哭个尽兴。

这样的问候

你听了会舒心？
他没弯腰点头，
只挥一挥手，
一眼都不看
我的脸蛋，
就策马离去，
他就那个样。”

"美人儿，
在你心里，
哪一个
最难忘记？”

"当然，第一个，
我觉得可怜，
但我深爱着
第二个青年。”

1837 年 9 月 18 日

莱蒙托夫

　　米哈伊尔·尤里耶维奇·莱蒙托夫（Михаи′л Ю′рьевич Ле′рмонтов，1814—1841），俄国诗人、小说家，其诗歌注重内心情感的揭示，较普希金更有现代色彩，同时也比较出色地运用了通体象征手法。

乞 丐

在那圣洁的修道院门前，
站着一个乞求施舍的穷人，
他饱受饥渴，历经苦难，
已形销骨立，筋疲力尽。

他只是乞求一小块面包，
目光中却露出深深的苦痛，
可有人却把一块石头放到
他那只伸出的手掌中。

我也这样祈求你的爱情，
带着痛苦的眼泪，满怀忧伤，
我的那些美好的感情，
也这样永远被你欺骗！

1830

不，我不是拜伦，我是另一个人……

不，我不是拜伦，我是另一个人，
一个还不为人所知的诗魔，
一个像他那样被人世放逐的漂泊者，
只不过有着一个俄罗斯的灵魂。
我早早开始，也将会早早结束，
我的才智不会有太大的成就；
在我心里，就像在海洋深处，
一堆堆破碎的希望重压在上头。
谁能够，愁悒悒的海洋，
洞悉你的秘密？谁又能
向人群说清我的思想？
我——或者上帝——或者没有任何人！

1832

美人鱼

美人鱼在幽蓝的河水里游荡，

身上闪耀着明月的银光；
她使劲拍打起雪白的浪花，
想把它溅泼到圆月的脸颊。

河水回旋着，哗哗流淌，
把水中的云影不停地摇晃；
美人鱼轻轻启唇——她的歌声
飞飘到陡峭河岸的上空。

美人鱼唱着："在我所住的河底上，
白日的光辉映织成幻象；
这儿，一群群金鱼嬉戏、游玩，
这儿，一座座城堡水晶一般。

"这儿，在茂密芦苇的清荫下面，
在晶莹细沙堆成的枕头上边，
嫉妒的波涛的俘虏，一个勇士，
一个异乡的勇士，在安息。

"我们喜欢，在沉沉的黑夜里
把一绺绺丝一般的卷发梳理，
正午时分，我们总是频频地亲吻
这美男子的前额和双唇。

"但不知为什么，对我们的狂热亲吻

他一言不发，总是冷冰冰，
他只沉睡，即使躺在我的怀里
还是既不呼吸，也无梦呓……!"

满怀莫名的忧伤，
美人鱼在暗蓝的河上歌唱，
河水回旋着，哗哗流淌，
把水中的云影不停地摇晃。

1836

每当黄灿灿的田野麦浪迭起……

每当黄灿灿的田野麦浪迭起，
清新的树林随风沙沙喧响，
而花园中红澄澄的李子
在浓香的绿叶青荫里躲藏；

每当金灿灿的清晨或红艳艳的傍晚，
银晃晃的铃兰身披香喷喷的露珠衣，
正满怀热忱地从那丛林下面
朝着我频频点头致意；

每当凉沁沁的泉水在山谷中嬉戏，

并把情思沉入某种迷离的梦幻，
对我低声讲述那英雄的传奇故事，
就发生在它刚离开的宁静之乡，——

此时我心里的慌乱才能平息，
此时我额头的皱纹才能轻舒，——
我才能在尘世领会幸福，
我才能在天国看见上帝。

1837

我俩分手了……

我俩分手了，但你的仪容，
我依然保留在我的胸中，
仿若美妙年华的模糊幻影，
它依旧欢悦着我的心灵。

我虽然屈服于新的激情狂潮，
你的仪容却一直珍藏在我心，
一如冷冷清清的殿堂依然是庙，
被推倒的圣像依然是神！

1837

悬　崖

一朵金灿灿的云儿夜宿
在悬崖巨人的怀抱里，
清晨它便早早疾飞离去，
在悠悠碧空快乐地飘舞；

而那悬崖老人的皱纹里，
却留下了一片湿津津的痕迹；
它孤零零地矗立着，陷入沉思，
在荒野里偷偷地哭泣。

1841

伊万·谢尔盖耶维奇·屠格涅夫（Ива́н Серге́евич Тургє́нев，1818—1883），杰出的俄罗斯小说家、戏剧家、诗人。其抒情诗主要是早年创作，清新、优美，带有一种淡淡的忧郁。后利用诗才的优势在俄罗斯小说领域登上世界高峰，使《贵族之家》《父与子》等长篇小说成为举世公认的文学经典。

致霍夫丽娜

月儿，高高地浮荡
在大地上空的朵朵白云之间，
魔幻般的银光
犹如海浪从高空洒满人寰。

啊，你就是我心海的月影！
我的心骚动不安——
只为你，我快乐欢欣，
只为你，我痛苦不堪！

爱的苦闷，默默渴望的隐痛，
充满我的心胸：
我的心情如此沉重……
可你，就像那冷月无动于衷！

1840

你是否注意到……

你是否注意到，我的沉默的朋友，
我的久忘的伙伴，我的春天的恋人，
每一天里，都有胆怯、深沉
几乎是突然寂静的一瞬？

在这一瞬里，有着某种难以言喻的
超自然的东西……心儿在默默等待：
仿佛在这一瞬，一切热烈、生气勃勃的
都想到了死亡，而神滞目呆。

噢，假如在这一瞬，无名的忧伤
充满你的心胸，你热泪盈盈……
那就想想吧，我又站在你的面前，
凝视着你的眼睛！

我的朋友，缅怀往事，你无须羞愧，
回首逝去的爱情，也不必忧伤……
至少，人生旅途上我们曾有过短暂的相得益彰，
至少，我们一生中曾有过短暂的情深意长！

1843

小 花

在浓密幽暗的灌木丛里，
在春天绿茸茸的青草地上，
你是否发现一朵平凡、淡雅的小花？
（你孤身一人——在异国他乡。）

它等待着你——在露水盈盈的草地，
它为你孤零零地含苞怒放……
它为你珍藏着自己清纯的芬芳，
——那第一缕纯洁而童贞的芳香。

你摘下这枝娇嫩的小花，
悠然微笑着，满怀爱怜，
把这朵被你伤害了的花儿，
轻轻插入胸前的扣眼。

你走在尘土飞扬的路上，
周围——一片晒得烫人的田野，
滚滚的热浪，从蓝天往下喷射，
而你的小花，早已萎谢。

它原在静谧的绿荫中生长，
饱吸朝雨晨露的清爽，
而今，灼热的尘土使它痛苦，
正午的阳光把它炙伤。

这有什么？无须叹惋！
要知道，这就是它的命运：
珍重一生的纯贞，以便
紧贴你心旁，依偎一瞬！

1843

旅途中

雾蒙蒙的早晨，白茫茫的早晨，
忧伤的田野已被大雪牢牢遮蒙，
你不禁回忆起昔日的美景良辰，
回忆起那些早已忘却的面孔。

回忆起那无尽的情话绵绵，
那如此渴求又羞于捕捉的眼神，
那第一次幽会，最后的会面，
以及那轻轻柔柔的可爱声音。

回忆起那带着古怪微笑的别离，
遥远故乡的万千情思注满你心田，
当你听着车轮持续不停地絮语，
当你若有所思地注视广袤的蓝天。

1843

阿法纳西·阿法纳西耶维奇·费特（原姓宪欣，Афана′сий Афана′сьевич Фет —правильно Фёт, настоящая фамилия Шеншин, 1820—1892），俄国纯艺术派诗歌的最大代表，其诗歌以自然、爱情、人生、艺术为主题，在艺术上则把情景交融、化境为情、意象并置、画面组接和词性活用、通感手法结合起来，具有印象主义色彩。他把审美功能提到诗的首位，被柴可夫斯基誉为诗人音乐家，他的"印象主义"为俄国象征主义艺术铺平了道路，对20世纪"静派"及其他诗人也有不小的影响。

我带着祝福来把你探望……

我带着祝福来把你探望，
告诉你旭日已经升起，
它那暖洋洋的金光，
在一片片绿叶上嬉戏。

告诉你森林已经苏醒，
浑身焕发着初醒的活力，
百柯齐颤，万鸟欢腾，
一切都洋溢着盎然的春意。

告诉你，我又来到这里，
满怀昨天一样的深情，
心魂依旧在幸福里沉迷，
随时准备向你奉献至诚。

告诉你，无论我在什么处所，
欢乐总从四方向我飘然吹拂，
我还不知道应歌唱什么——

可歌儿早已从心底里飞出。①

1843

呢喃的细语，羞怯的呼吸……

呢喃的细语，羞怯的呼吸，
夜莺的鸣唱，
朦胧如梦的小溪
轻漾的银光。

夜的柔光，绵绵无尽的
夜的幽暗，
魔法般变幻不定的
可爱的容颜。

弥漫的烟云，紫红的玫瑰，
琥珀的光华，
频频的亲吻，盈盈的热泪，

---

① 高尔基在其《列夫·托尔斯泰》一文中写道，托尔斯泰曾谈道："真正的诗是朴素的；当费特写出：'我还不知道应歌唱什么——/可歌儿早已从心底里飞出'的时候，他已经表示出了诗歌中真正的民间感情。农夫也并不知道自己要唱些什么，可是只要他啊咦，哎咦地哼那么几声，一首真正的歌曲就唱出来了，这是从灵魂中发出来的声音，就像小鸟唱歌一样。"

啊，朝霞，朝霞……

1850

第一朵铃兰

啊，第一朵铃兰！白雪蔽野，
你就已祈求灿烂的阳光；
什么样童贞的欣悦，
在你馥郁的纯洁里深藏！

初春的第一缕阳光多么鲜丽！
什么样的美梦将随之降临！
你是多么令人心醉神迷，
你，燃起遐思的春之礼品！

仿佛少女平生的第一次叹息，——
为了她自己也说不清的事情，——
羞怯的叹息芳香四溢：
抒发青春那过剩的生命。

1854

春天那芬芳撩人的愉悦……

春天那芬芳撩人的愉悦，
还没有降临到人间大地。
山谷里仍铺满皑皑白雪，
一辆大马车，碾过冰屑，
车声辚辚，沐浴着晨曦。

直到中午才感觉到艳阳送暖，
菩提树梢头一片胭红，
白桦林点点嫩黄轻染，
夜莺，还只敢
在醋栗丛中轻唱低吗。

翩翩飞回的鹤群，双翅
捎来了春的喜讯，
草原美人儿亭亭玉立，
凝望着渐渐远去的鹤翼，
脸颊挂着泛紫的红晕。

1854

傍　晚

明亮的河面上水流淙淙，
幽暗的草地上车铃叮当，
寂静的树林上雷声隆隆，
对面的河岸闪出了亮光。

遥远的地方朦胧一片，
河流弯弯地向西天奔驰，
晚霞燃烧成金色的花边，
又像轻烟一样四散飘去。

小丘上时而潮湿，时而闷热，
白昼的叹息已融入夜的呼吸，——
但仿若蓝幽幽、绿莹莹的灯火，
远处的电光清晰地闪烁在天际。

1855

米洛的维纳斯

圣洁又无羁，
腰以上闪耀着裸体的光辉，
整个绝妙的躯体，
绽放一种永不凋谢的美。

精巧奇异的衣饰，
微波轻漾的发卷，
你那天仙般的脸儿，
洋溢着超凡绝俗的安恬。

全身沾满大海的浪花，
遍体炽烈着爱的激情，
一切都拜伏在你的脚下，
你凝视着自己面前的永恒。

1856

这清晨，这欣喜……

这清晨，这欣喜，
这白昼与光明的伟力，
这湛蓝的天穹，
这鸣声，这雁阵，
这鸟群，这飞禽，
这流水的喧鸣，

这垂柳，这桦树，
这泪水般的露珠，
这并非嫩叶的茸毛，
这幽谷，这山峰，
这蚊蚋，这蜜蜂，
这嗡鸣，这尖叫，

这明丽的霞幂，
这夜村的呼吸，
这不眠的夜晚，
这幽暗，这床笫的高温，
这笃笃啄木声，这呖呖莺啼声，

这一切——就是春天。

1881

秋　天

静寂寂又寒凛凛的秋天，
阴沉沉的日子多么凄清！
它们带着郁闷的倦慵，
请求进入我们的心房！

但有些日子也这样：
秋天在金叶锦衣的血里，
寻觅炽热的爱的游戏，
寻觅灼灼燃烧的目光。

羞怯的哀伤默默无语，
只听见一片挑衅的声音，
如此华丽地全然消殒，
已没有什么需要怜惜。

1883

在皓月的银辉下……

让我们一同出去漫行，
身披这皓月的银辉！
那神秘的寂静，
使心灵久久地迷醉！

池塘似钢铁闪着幽光，
青草痛哭得满脸珠泪，
磨坊，小河，还有远方，
全都沐浴着皓月的银辉。

我们能不伤感，能不活着，
面对这迷人心魂的美？
让我们悄悄流连不舍，
身披这皓月的银辉！

1885

山　巅

高出云表，远离了山冈，
脚踏郁郁苍苍的森林，
你召唤世人必死的眼光，
追寻晶蓝天穹的碧韵。

你不愿用银白的雪袍
去遮蔽那朽壤凡尘，
你的命运是矗立天涯海角，
绝不俯就，而是提升世人。

衰弱的叹息，你无动于衷，
人世的愁苦，你处之漠然；
白云在你脚下漫漫飘萦，
好似香炉升起的袅袅香烟。

1886 年 7 月

涅克拉索夫

尼古拉·阿列克谢耶维奇·涅克拉索夫（Никола′й Алексе′евич Некра′сов，1821—1877），俄国革命民主主义诗人。他的诗具有公民精神、民主意识和民歌色彩，很大推进了诗歌的散文化、叙事化、口语化（民歌化），对俄罗斯文学产生了重要影响，对诗的社会功能和农民心理的开掘尤为突出。

三套马车[1]

你为何远离快乐的女伴，
急火火地朝着大路张望？
是什么使得你心慌意乱——
两朵红霞突然腾起在脸上。

你为何急匆匆地紧随
那疾驰如飞的三套马车？……
风度翩翩的骑兵少尉，
在过路的车上看你都着了魔。

看你着魔一点也不奇怪，
每一个人都会对你钟情：
那红艳艳的顽皮飘带，
飘萦在你夜一般黑的秀发中。

你那黑里透红的脸蛋，
茸茸着细柔柔的毛绒，

---

[1] 此诗发表后，很快就被改编成一首广为流传的歌曲，到 19 世纪 50 年代，这首歌曲更是被收入各种歌集，成为家喻户晓的"红歌"。车尔尼雪夫斯基的长篇小说《怎么办》第一章中，女主人公薇拉·巴甫洛芙娜唱的就是这首歌。

你那弧弯弯的眉毛下面，
调皮的双眼在滴溜溜转动。

黑美貌村姑只要一个秋波，
就魔力无边，让人血液沸腾，
能使老头儿不惜财尽家破，
更在青年的心里燃起爱情。

你要尽情享受尽情欢乐，
生活得快活轻松、美满富足……
不然命运已在把你等着：
嫁给一个邋里邋遢的农夫。

围裙在你腋下紧系，
把胸脯勒得七扭八歪，
爱挑刺的丈夫会经常打你，
婆婆也会把你整得死去活来。

由于繁重而又艰苦的劳动，
你会含苞未放就很快凋零，
你将陷入一个昏沉沉的迷梦，
照看孩子，吃饭，劳累终生。

你那生气勃勃的脸庞，
丰富的表情将突然失踪，

而换上那麻木的忍耐担当，
和茫然而又永恒的惊恐。

而当你熬尽自己艰难的一生，
你将被埋进湿漉漉的坟地，
埋掉你那从未得到过温暖的心灵，
还有那力量徒然耗尽的躯体。

别再朝着大路忧伤地张望，
也别急匆匆追赶三套马车，
快把纷纷冒头的忧愁和惊慌，
永远扼杀在自己的心窝！

你无法追上那狂奔的三套马车！
膘肥体壮的马儿健步奔向前方，——
车夫醉意正浓，马车旋风般驰过，
年轻的骑兵少尉奔向了另一姑娘……

1846

你永远有着无与伦比的美……

你永远有着无与伦比的美，

而当我灰心丧气，愁眉苦脸，
你那活泼快乐、善于嘲讽的智慧，
是那样激情四射，活跃非凡；

你哈哈大笑，是那么豪放而可爱，
你声声痛骂我的那些敌人，
有时，你还忧郁地耷拉着脑袋，
那样俏皮地逗得我忍俊不禁；

你十分善良，但不轻易流露柔情，
你的吻是那样充满激情之火，
而且你那一双百看不厌的眼睛，
是这样怜爱着我，抚慰着我，——

我和你忍受着这真正的悲哀，
明智合理，平和温顺，
置身于这黑沉沉的大海，
我们一无所畏地一起前进……

1847

致播种者

在人民的土壤里播种知识的播种者啊！
你找到的是贫瘠的土地吧？
或者是你播下的种子太糟？
你是气魄不够？还是力不胜劳？
你的劳动报酬只是些瘦弱的茎苗，
籽壮粒肥的粮食真是太少！
你们在哪，精力旺盛、技艺高超的人们？
你们在哪，肩上挑着满筐五谷的人们？
请提醒那些怯生生、慢吞吞的播种人，
快把播种的劳动向前推进！
快快播下理智、善良、永恒的种子，
快撒吧！有人会对你们表示诚挚的谢意，
——这就是俄罗斯人民……

1876 年 12 月

阿普赫京

　　阿列克赛·尼古拉耶维奇·阿普赫京（Алексе́й Никола́евич Апу́хтин，1840—1893），早年创作接近涅克拉索夫等的公民诗，后转向"纯艺术派"诗歌。其诗善于表现痛苦中的心境和深刻的内心冲突，感情真挚，对20世纪初的俄国诗歌尤其是勃洛克的创作有一定的影响。

初 恋

啊，你是否记得，很久以前，我们还情窦未开，
在一个喧闹的晚上我和你偶然相遇。
这喧闹和闪光却使我们不禁痛苦萦怀，
我们来到阳台上。我们俩很少言语，
夜以快乐的寂静突然把我们整个遮蔽。

透过玻璃我们看见蜡烛淡淡的闪光，
从屋里能听到：河水不和谐的汩汩流淌，
而在天空可以看见灼灼燃烧的闪烁星光，
从花园里传来树枝摆动的沙沙声响，
热恋的夜莺在我们近处的树林欢唱。

我默默望着你。我那稚嫩的感情
当时还不敢叫做爱情……
但我在庄严的静谧中万分激动，
但我在夜晚的一片宁静中，
不愿中断无论叹息，还是声音。

我在等待有谁暗中说出谜底的必然答案
那最初的声音——瞬息即逝。

突然我号啕大哭，满怀温柔的忧伤，
而心灵深处却明亮而又静谧，
到处都是丰盈的快乐在绽放。

1857 年 7 月

没有回音，没有话语，没有致意……

没有回音，没有话语，没有致意，
世界躺在我们之间像一片荒原，
我的思想带着没有答案的问题。
惶惶不安地重压在心间：

难道在忧伤和愤怒的时分，
往事真情将消失得毫无踪影，
仿若那以往曲调的袅袅余音，
仿若茫茫黑夜中陨落的星星？

1867

我不惋惜，我没有得到你的爱情……

我不惋惜，我没有得到你的爱情，——
　　我根本就不配得到你的垂爱！
我不惋惜，现在我正为别离而苦痛，——
　　别离使我更加情深似海；

我不惋惜，我自己斟满一杯屈辱，
　　又自己一口把它喝干，
对我的责骂，我的恳求，我的泪珠，
　　你始终置之漠然；

我不惋惜，血液里腾炽起大火，
　　烧灼我心灵，让它深深苦恼，
我只惋惜，我曾没有爱情地苟活，
　　我只惋惜，我爱得太少！

1870 年代

生活的道路穿过贫瘠荒凉的草原向前延伸……

生活的道路穿过贫瘠荒凉的草原向前延伸，
偏僻，黑暗……没有屋舍，没有灌木……
心灵沉睡；理性，嘴唇
仿佛都被枷锁锁住，
我们的远方无垠，
却一片空无。

忽然间路途显得不再难以忍受，
歌儿振翅欲飞，思想转动。
星星在天空烈燃不休，
血液狂热奔涌……
幻想，惊忧，
爱情！

哦，那些幻想何在？在哪里，快乐，悲伤？
它们这么多年如此亮丽地为我们照明！
由于它们，在雾气腾腾的远方，
能勉强看见隐约的火星……
这一切，都已消亡……
它们也失去踪影。

1888

　　玛丽亚·亚历山德罗夫娜·洛赫维茨卡娅（婚后改姓日别尔，Мари'я Алекса'ндровна Ло'хвицкая —по мужу Жибе'р，1869—1905），以善写爱情诗著称，极力表现女性渴望摆脱日常俗务，追求忘我的爱情和生活的幸福，被称为"俄罗斯的萨福"。

爱之歌

我真希望自己的理想，
隐秘的愿望和梦幻，
都能变成鲜花怒放，——
然而……玫瑰却太鲜艳！

我真希望胸中有架竖琴，
一首首歌儿铮铮奏响，
让种种情感永远年轻，
然而……心弦却早已崩断！

我真希望能在短暂的梦境，
体会到甜蜜的欢欣，——
然而……死亡已早早降临，
竟使我等不到梦醒！

1889

十四行诗

啊，我知道，黑苍苍的森林是多么奇妙，
它正笼罩着香馥馥的夜的黑暗！
然而，整个世界的奇妙，
能否取代我失去的宝藏？

啊，我知道，圆月是多么美丽动人，
透过茂密松林闪烁灿灿金光！
然而，它没有向我预示幸运——
这天穹的美人，金灿灿的女皇……

不，别召唤……我不会再来……
为何还要白白惹起激情澎湃，
并畅饮频频热吻的毒药，
当我无法瞬间忘却，
不能充分享受生活……
我又怎能和你一起陶醉逍遥？

1890 年 7 月 29 日

黄 昏

在白昼与暮霭汇合的时分，
常常会有一些奇异的瞬间，
从神秘梦幻的高高天庭
飘飘飞降到俗世人寰……

雾蒙蒙的黑暗中滑翔着
思想的片断……光明的碎片。
还有苍白形象的轮廓，
这轮廓被随处遗忘……

心中充满叹惋，
就像久已有过的损失
在悄悄灼痛心田……
又像曾经的往事永逝……

1894 年 2 月 17 日

我的心灵，像清纯的荷花……

我的心灵，像清纯的荷花，
在漫漫静水中慢慢醉软，
沐浴着柔和的盈盈月华，
绽开了银灿灿的花冠。

你的爱，像暗幽幽的光华，
散发着无声的魔力。
我那香馥馥的鲜花，
已中了奇异忧伤的妖法，
并且浸透了寒光熠熠。

1897

沉睡的天鹅

我尘世的生命清音远播，
恰似芦苇朦胧的沙沙声。
它们抚拍着沉睡的天鹅，

我那颗骚动不宁的心灵。

远处匆匆闪过片片船影，
它们正开足马力向前飞驶疾行。
港湾的茂密树丛中一片寂静，
忧伤荡漾，恰似大地之重。

但那颤动发出的簌簌声响，
在芦苇的沙沙声中滑行，
被惊醒的天鹅猛地一颤，
我那颗万古流芳的心灵。

它向自由的世界振翅奋飞，
那里波浪重复着风暴的叹息，
那里变幻莫测的茫茫碧水，
倒映着永恒天宇的蓝丽。

1897

我爱你，就像大海爱初升的太阳……

我爱你，就像大海爱初升的太阳，
就像水仙花迷恋宁静碧水的闪光。

我爱你，就像繁星爱金色的月亮，
就像诗人沉迷于幻想绽放的诗章；
我爱你，就像蜉蝣飞蛾钟情火焰，
爱得万般疲惫，而且痛苦不堪。
我爱你，就像呼呼的大风爱芦苇，
我爱你全心全意，我对你洞开心扉。
我爱你，就像爱玄妙难解的梦幻：
胜过爱太阳、幸福、生命和春天。

1899 年 3 月 7 日

梅列日科夫斯基

　　德米特里·谢尔盖耶维奇·梅列日科夫斯基（Дми′трий
Серге′евич Мережко′вский，1866—1941），俄国象征派的奠基
人、理论家、诗人、作家、批评家、宗教哲学家，其诗主要是其
哲学思考的诗意表达。

如果玫瑰从枝头悄然凋落……

如果玫瑰从枝头悄然凋落，
如果星星在天空淡然无光，
而晚霞熄灭在天边的云端，
海浪轰然撞碎在悬崖之上，——

这就是死亡——但没有痛苦的抗争；
这就是以美诱惑人的死亡，
它允诺你令人心醉的憩息，
它是自然天国的伟大君王。

大自然是一位神圣的导师，
人啊，你向它学会如何死亡，
好含着温顺又庄重的微笑，
无怨地迎接末日的临降。

1883

孤　独

相信我吧：——人们不会
　　探寻你心底的秘密！
就像液体注满口杯，
　　心灵充满了忧郁。

当你的朋友哭泣，
　　要知道，也许，
经过杯缘，只有两三滴
　　能注入那个杯里。

可老是昏昏欲睡，在寂静中
　　你远离一切朋友，——
在那里，在底层，
　　你在你病态心灵最底层幽囚。

别人的心——异己的天地，
　　那里，没有任何通途！
那里，即便满怀真挚的爱意，
　　我们也无法进入！

有某种东西在你的眼中
　　深沉地放射光焰，
但就像星星闪耀在天穹，
　　它离我——那么遥远……

囿于自身这个监狱，
　　你，不幸的人，
在爱情内，在友谊中，在一切里，
　　永远孤零零，孤零零！……

1890

蓝　天

我与世人格格不入，
我很不相信人间的美德，
我用另一种尺度，
一种无功利的美衡量生活。

我只信仰蓝天，
那不可企及的穹苍，
它总是那样完整而简单，
不可理解，就像死亡。

啊，蓝天，让我变得美丽，
让我从天界降临人寰，
像你一样灿烂澄碧，
包罗万象而又恬淡。

1894

黑夜之子

我们聚精会神地注视，
微微泛白的东方，
黑夜之子，苦难之子，
等待着我们的先知临降。

我们感受着神秘的一切，
并且，内心绽放了希望，
对这个创造得并不完善的世界，
临终之际，我们念念不忘。

我们的语言勇敢大胆，
然而死亡却命定难逃，
只是春天到来得太晚，

预兆却又出现得太早。

但埋葬的终会复活，
唱破昏惨惨的黑暗，
是公鸡夜半的欢歌，
而我们则是早晨的严寒。

我们是深渊上的阶梯，
黑暗之子，我们静候旭日，
当光明降临，我们像影子，
在灿烂阳光中死去。

1894

巴尔蒙特

康斯坦丁·德米特里耶维奇·巴尔蒙特（Константи′н Дми′триевич Бальмо′нт，1867—1942），俄国象征派杰出的代表诗人。他以极强的音乐性歌颂太阳，技巧高超，被称为"太阳诗人"。

月　光

每当月光在昏蒙蒙的黑夜，
为自己晶亮温柔的银镰而欣慰，
我的心灵总是渴想着另一个世界，
在遥远而茫茫无际的一切中沉醉。

我乘着幻想飞向森林，飞向群山，
飞向戴雪的山顶；就像患病的精灵，
在宁静的世界上也无法入眠，
我甜蜜地哭泣，我啜饮着月色清莹。

我啜饮着苍白的月华，
像埃尔弗①，在光网中悠悠晃荡，
我凝神细听静默如何说话。

亲人的种种痛苦，对我已远在遥空，
大地的一切纷争，都与我毫不相关，
我是一片浮云，我是轻拂的微风。

1894

---

① 埃尔弗是日耳曼神话中的自然神。

针茅草

——致伊·蒲宁

仿若垂死的幽灵，
针茅草在草原晃荡，
一轮残月高悬长空，
白云片片层叠出忧伤。

模糊的阴影，徘徊游移，
在茫茫无际的空间，
影影绰绰，转瞬即逝，
和缠绵的风嘀咕一番。

一束光芒一闪即逝，
消失在重重云雾之中，
沉没已久的往事
闪现在古墓上空。

月亮渐趋暗淡，满脸忧伤，
燃烧殆尽，即将消失踪影，
针茅草簌簌颤抖，轻轻摇晃，

仿若垂死的幽灵。

1895

我用幻想追捕消失的阴影……

我用幻想追捕消逝的阴影，
消逝的阴影，熄灭白昼的尾巴，
我登上塔楼，台阶微微颤动，
台阶微微颤动，颤动在我脚下。

我登得越高，景色就越发鲜明，
越发鲜明地显露出远方的轮廓，
从远方传来隐约的和声，
隐约的和声围绕我袅袅起落。

我越往上攀登，风景就越发灿亮，
越发灿亮地闪现着昏睡的山巅，
它们仿佛正在用告别的柔光
用告别的柔光温存地抚慰朦胧的视线。

在我脚下，早已是夜色蒙蒙，
夜色蒙蒙安抚着沉睡的大地。

对于我，却还燃炽着白昼的明灯，
白昼的明灯在远方直燃到火尽灯熄。

我已领悟如何追捕消逝的阴影，
消逝的阴影，暗淡白昼的尾巴，
我越登越高，台阶微微颤动，
台阶微微颤动，颤动在我脚下。

1895

风

　　我无法过真正的生活，
我热爱风狂雨猛的梦境，
　　顶着热辣辣的阳光闪烁，
披着湿津津的月光盈盈。
　　我不想过真正的生活，
我谛听心弦的暗语朦胧，
　　鲜花和绿树的轻歌细说，
以及海滨波浪的传说种种。

　　无法言说的愿望使我愁悒，
我在朦胧的未来里生活，

在雾沉沉的黎明中呼吸，
在朵朵暮云间浮游、穿梭。
突如其来的欣喜，
常常使我用亲吻把绿叶搅醒，
我生活在孜孜不倦的奔跑里，
生活在永无满足的恐慌中。

1895

我是自由的风……

我是自由的风，我永恒地吹拂，
我激动波浪，爱抚杨柳，
在枝头长叹，然后沉入静穆，
我亲抚青草，亲抚田畴。

做五月的信使，报道春光明媚，
亲吻铃兰花，沉醉于幻想，
沉默地倾听风的飘吹——
我轻盈地吹拂，睡意昏昏，懒懒洋洋。

我不相信爱情，像暴风一样成长，
我卷刮乌云，搅翻大海，

好似一声长叹飞驰过原野茫茫，
一声霹雳震醒沉寂的万里尘埃。

1897

致波德莱尔

你是我如此恐怖而又快乐的亲切榜样，
我总是梦见你，哦，波德莱尔君王，
你这恐惧、峭壁和巨怪的情郎！

你，跌进了深渊，却渴望着山巅，
你，透过凝重昏黄的忧郁望见了蔚蓝，
你既是人质又是主宰，在野蛮人中间！

你洞悉女人，视之为恶魔的幻影，
你稔知恶魔，视之为美的精灵，
你本身就具有女性的灵魂，你自己就是威严的魔星！

你品尝过神秘的毒物的奥秘，
深知那一座座大都市形神各异，
从冰雪的王国里涌出的激流奔腾不羁！

你用三重的幻想融合成一首交响曲，
永远把你丰富的精神萦系：
余音袅袅，五彩缤纷，芬芳馥郁！

你——徘徊在这个崩溃世界中的精灵，
鬼魂和魅影们在那里相互唤起惊恐，
你——被放逐的幽灵般的黑衣僧！

请你幽灵一般永远驻守在我的心里，
哦，让我和你这巫师和魔法术士合为一体，
以便我能傲立于人群，而毫无惊惧！

1899

我来到这世间是为了看见太阳……

我来到这世间是为了看见太阳，
　　　　和碧莹莹的蓝天。
我来到这世间是为了看见太阳，
　　　　和群山连绵的峰巅。

我来到这世间是为了看见大海，
　　　　和山岳的绚丽多彩。

名家诗歌典藏

我一眼尽览整个世界的风采，
　　　　我是这个世界的主宰。

我创建起自己的幻想，
　　　　我战胜了冷酷的遗忘，
每时每刻我都灵感激荡，
　　　　总是在放声歌唱。

苦难唤醒了我的幻想，
　　　　但我因此受到宠爱。
我悦耳动听的歌声，谁能相抗？
　　　　谁都不敢来，谁都不敢来。

我来到这世间是为了看见太阳，
　　　　然而假若白昼消亡，
那我就歌唱……我就歌唱太阳，
　　　　在临终的时光！

　　　　　　　　　　　　1902

济娜伊达·尼古拉耶夫娜·吉皮乌斯（Зинаи′да Никола′евна Ги′ппиус —по мужу Мережко′вская，1869—1945），俄国象征派代表诗人之一，梅列日科夫斯基之妻，作家、批评家。她的诗歌善于表现女性的内心感受，讲究结构，富于音乐性与象征性。

歌

我的窗口高踞于大地之上，
　　高踞于大地之上，
我只看见晚霞似火的蓝天，
　　晚霞似火的蓝天。

天空是那么空虚而苍白，
　　空虚而苍白，
它不给可怜的心一丝怜爱，
　　不给一丝怜爱。

唉，伤心欲狂的我正在死去，
　　我正在死去，
我渴求的是全然不知的东西，
　　全然不知的东西……

这种愿望不知来自哪里，
　　来自哪里，
可心灵却期盼着奇迹，
　　期盼着奇迹！

啊，但愿奇迹出现，从无生有，
　　从亘古的无生有：
苍白的天空已把奇迹向我许就，
　　已把奇迹许就。

但我已把眼泪哭干，为这许就的虚幻，
　　这许就的虚幻……
我所需要的东西，不在这世上，
　　不在这世上。

1893

无　力

我用贪婪的眼睛朝大海张望，
身体却紧钉在尘世的海岸……
我临渊站立，仿若置身天空之上，
却不能悠悠飞向那茫茫蓝天。

不知该挺身反抗还是默默屈服，
既无死的胆量，也无生的勇气……
上帝很近，我却不能祈求我主，
很想恋爱，却又没有爱的能力。

116

我向太阳，向太阳伸开双臂，
我看见白漫漫的云彩织成帷幕……
我觉得我似乎已懂得了真理，——
却不知用什么词来把它表述。

1894

雪

它又在降下，以一种奇异的静默，
    轻轻地飘舞又斜斜地落定，
幸福的飞行使心灵多么快乐！
    不存在的它又重获新生……

依旧是它，又从人所不知的地方至此，
    带着诱人的寒冷，也带着忘却……
我总是在等着它，就像等着上帝的奇迹，
    它身上那神奇的同一我也十分了解。

就让它再次离去——消逝并不使人心伤，
    它神秘的远行令我满心欢喜。
我将永远等待着它静默的归还，

啊，温柔可爱的你，独一无二的你。

它静静地飘落，慢慢悠悠，威风烈烈……

　　我为它的胜利而深感无比幸福……

大地的一切奇迹凝成了你，啊，美丽的雪，

　　我爱你……为什么爱——我不清楚……

1897

圆

我记得：我们两人曾坐在这张长椅上。

　　在我们面前是被废弃的一泓清泉，

　　　　和一片静幽幽的绿荫。

我谈论着上帝，直观和生命……

为了使我的孩子能更一目了然，

　　我在细沙上画了些浅浅的圆。

一年过去了。母亲般温柔的忧伤，

　　又把我送到了这张长椅上。

　　　　依旧是那被废弃的清泉，

　　　　依旧是那静幽幽的绿荫，

和那关于上帝和生命的思想。

只是没有了死后无法复活的纯洁语言，

没有了被雨水冲刷

被泥土深藏

我那些浅浅而清晰的圆。

1897

爱

我的心已无处安放悲伤：

我的心已满满的都是爱，

它摧毁自己的一个个愿望，

以便它们再次复活过来。

泰初有言。请将言等。

言定会真义昭彰。

发生了的，还会再次发生，

无论你们，还是上帝，全都一样①。

最后的光明均等地普照万物，

依照同一种规律。

哭着的笑着的全都过去，

---

① 这句也可翻译为"对于你们，还有上帝，全都一样"。

一个个全都走近上帝。

在尘世的拯救中走向上帝，
奇迹就会显现在眼前：
一切都将连成一个整体——
也包括大地和蓝天。

1900

安德烈·别雷（鲍里斯·尼古拉耶维奇·布加耶夫的笔名，Андрей Белый—настоящее имя Бори′с Никола′евич Буга′ев，1880—1934），俄国象征派的杰出代表，诗人、小说家、理论家。他的诗歌风格多变，在形式方面探索颇多，往往把哲学思考、日常生活、男女私情等融为一体。

幻　想

谁徘徊不定，在池塘边的阴影里？
白色的雾在深深叹气。

花儿，回忆起往昔的日子，
洒下了冰凉的泪滴。

哦，病痛的心灵，昏沉地进入梦里……
白雾在池塘上深深叹气。

谁徘徊不定，在那儿，
在镜子般光洁的静静平原旁？

在苍白的月光下谁这样痛苦地哭泣，
谁挥动双手扯碎了忧伤？

不，不……微风睡眼惺忪地飞去……
不……水汽弥漫在沼泽地上……

哦，病痛的心灵，昏沉地进入梦里……
那里没有一个人……这是幻想……

花儿，回忆起往昔的日子，
冰凉的泪往下流淌。

它们只是藏身铅灰的雾里——
这些即将到来的黑色幻想。

1899

孤独

——献给谢尔盖·里沃维奇·科贝林斯基

窗上蒙蒙水汽。
户外流泻着月光。
你毫无目的
站立在窗户旁。

风。一排银色的白桦
搏斗后枝叶低垂。
忧伤雨洒……
眼泪纷飞……

一系列无聊的时期

不由自主地产生。
心儿疼痛，疼痛不已……
我，孤零零。

1900

秋

春天早已逝去，
树林深红地喧嚷。
从蒙蒙的浓雾里，
露出了火红的月亮。

你是否又心萦
春天的鲜花，
青春的爱情，
火红的朝霞？

春天已逝若云烟——
永恒的痛苦欺诓……
月亮白如玉盘。
浓雾泛着银光。

带着无限苦恼，
转过身去……你看见，
芦苇轻轻晃摇，
在湍急的河流上面。

1901

魔法师
—— *致勃留索夫*

我挺立在呼啸的时间洪流里，
它狂暴地撕破我的黑色披风。
我呼唤人们，寻找先知——
他们为天上的秘密呼号不停。

我迅疾如风，快步向前，
看啊——您屹立在悬崖上，
坚强的魔法师，头戴星星的晶冠，
面带先知的微笑在凝望。

时代的脚步踏出杂乱的轰隆声，
飞传四方，惊扰了永恒的梦乡。
而您的声音——嘹唳的鹰鸣，

在寒冷的高空却越发响亮。

戴着火的花冠，昂然俯临于
时间之上，苦厄王国的上头，
过早降临的春天的先知，
静立的魔法师，交叠着双手。

1903

流放者

害怕喧哗与机器的轰鸣，
我离开城市，它被黑暗笼罩。
可那恶狠狠的嘲弄的笑声，
依旧在远方轰隆隆地喧闹。

在那里我一年年反复思考着永恒——
你们却朝我投来一块块石片。
你们猛然之间大发神经，
就拿我的痛苦娱乐消遣。

我离开你们，成为流放者，
你们无法桎梏我的自由。

我这面色苍白的驼背漫游者，
在稻麦飘香的金灿灿田野漫游。

我四处漫游，在麦地，在田间，
在一望无垠的原野中坎坷的路上奔跑，
在天蓝色的矢车菊前，
两鬓苍苍的我扑进大地的怀抱。

小花啊，摸摸我吧，你满怀柔情。
请滴下，滴下你亮晶晶的露珠！
我要让我这颗饱尝苦难的心灵，
狂暴不屈的心灵，稍得安抚。

红艳艳的珍珠般的田地，
羞怯地燃烧起腾腾朝霞。
微风懒洋洋地吹拂起——
我这银灿灿的头发。

1904 年 6 月

　　亚历山大·亚历山德罗维奇·勃洛克（Алекса'ндр Алекса'
ндрович Блок，1880—1921），俄国最杰出的象征主义诗人，20
世纪俄语诗歌大师之一。他的诗歌把先锋精神与公民情怀结合起
来，既富象征性又有现实性，既有歌唱性又具戏剧性。

风儿从遥远的地方……

风儿从遥远的地方，
带来了春歌的暗语，
天的一角豁然清朗，
展现一片深邃和亮丽。

在这深不可测的碧蓝里，
在这临近春天的傍晚，
残冬的暴风雪在哭泣，
星星们的梦在悠悠飞翔。

胆怯、深沉而忧伤，
我的琴弦在声声悲鸣。
风儿从遥远的地方，
带来了你悠扬的歌声。

1901

傍晚，春天的傍晚……

傍晚时分，你能否再次实现愿望，
再次弄到一只小舟一叶桨？
再次看见彼岸的熠熠火光？

——费特

傍晚，春天的傍晚，
脚下是冷冽的波浪，
心中是超凡脱俗的希望，
浪花哗哗直奔沙滩。

是回声，还是遥远的歌唱，
我实在无法分清。
那边，在河的彼岸，
孤零零的灵魂泪水淋淋。

可是我的秘念正在实现，
可是你从远方传来的召唤？
小舟在颠簸、漂荡，
有什么东西飞驰在河面。

心中是超凡脱俗的希望，
有人迎面走来——我走去相迎……
反光，春天的傍晚，
彼岸传来的阵阵喊声。

1901

我在雾蒙蒙的早晨起床……

我在雾蒙蒙的早晨起床，
阳光倏然直射到我脸庞。
是你吗，朝思暮想的姑娘，
正娉娉袅袅走进我的门廊？

重沉沉的大门快快敞开！
让那阵阵晨风吹进门窗！
歌声是如此欢乐如此轻快，
很长时间未曾飘飞在我耳畔！

携着歌声，在雾蒙蒙的早晨，
阳光和晨风直射到我脸庞。
携着歌声，我的心上人，
正娉娉袅袅走进我的门廊！

1901

陌生女郎①

每天夜晚，在酒馆上空，
腾腾热气窒闷而野蛮，
春天腐烂的气味深浓，
磨利了醉汉们的叫喊。

远处，在尘土飞扬的小巷，
在郊外别墅的寂寞之上，
那花形面包刚金光闪亮②，
便传来孩子们的阵阵哭喊。

每天夜晚，在那铁道路障旁，
歪戴着一个个圆顶大礼帽，
那些巧舌如簧的情场老将，
挽着女友顺着沟渠嬉笑招摇。

湖面上，桨声吱呀作响，

---

① 勃洛克曾这样解释"陌生女郎"形象："这绝不只是一个帽子上插着丧羽的黑衣女郎。这是多重世界，主要是紫色和蓝色世界的魔幻组合。"

② 沙俄时期，面包店的招牌上往往有圆形面包的金色图画。此处既指面包店的金色招牌，也喻指夕阳西下。

女人们的尖叫随风飘传，
而天上，习以为常的月亮，
百无聊赖地扮了个鬼脸。

每天夜晚，我唯一的挚友，
都在我的酒杯中照影，
当喝下这苦涩而神秘的浊酒，
她①就像我一样，变得迷惘而温顺。

而在邻近的小桌旁，
直挺挺站着几个睡眼惺忪的仆役，
醉汉们瞪着兔子眼叫嚷：
"酒中自有真理！"②

每天夜晚，在约定的时分，
（或许，这只不过是我的梦境？）
一个身穿绸缎的少女的身影，
在烟雾朦胧的窗口晃动。

她从容走过醉汉们的身边，
总是不需陪护，孤身独行，
一路不断飘散云雾和芬芳，
每次都悄然在窗户旁坐定。

---

① "她""挚友"均指月亮。
② 原文是拉丁文。

她那一身绸衣富于弹性，
帽子上插着志哀的丧羽，
纤美的手指上宝石晶莹，
活像是一个古老的传奇。

我不禁产生了一种奇异的亲切感，
目光直向她那黑色的面纱凝望。
我看见了心醉神迷的彼岸，
我看见了梦寐以求的远方。

我接受了一个深藏的秘密，
我被托付照管某人的太阳，
而我心灵深处的每一个角落里，
都深深浸透着这苦涩的酒浆。

于是那弯垂的鸵鸟羽翎，
总在我脑海里不停摇晃，
她那双深不见底的蓝眼睛，
在遥远的彼岸炯炯发亮。

我灵魂深处有一箱宝贝，
而钥匙只在我一个人手里。
你说得对，你这个醉鬼！
我知道：酒中自有真理！

1906

马克西米利安·亚历山德罗维奇·沃洛申（Максимилиа́н Алекса́ндрович Воло́шин，1877—1932），年轻一代象征派诗人。他的诗饱含自然感，他的绘画才能使他的象征诗与印象派画有机交融，比其他象征派诗人的诗视感更清晰。

绿森森的巨浪往后一跳……

绿森森的巨浪往后一跳，就怯生生地
疾驰而去，泛出漫漫一片紫红……
绚烂多姿的晚霞懒洋洋地，
在无边无际的海面照影。

摇漾的微波像一串浅蓝的玻璃珠。
悬崖峭壁上挂着淡紫的云彩。
灰白的船帆拍打着透明的夜雾。
凉风在缆绳上摇摆。

烟波浩渺……满怀莫名的忧伤，
波浪向前推送着小船。
像一棵红蕨，不祥的月亮，
在天边慢慢舒绽。

1904

我愿做黑油油的土地……

我愿做黑油油的土地。温顺地敞开胸脯，
在火焰般闪闪发亮的目光中目眩神迷，
感觉到犁铧深深地扎进鲜活的躯体，
开掘出一条神圣的道路。

铅灰色的天空沉甸甸地低笼，
一道道伤口畅饮着黑乌乌的水流。
我愿做被翻耕的土地……我已等了很久，
话语进入我的胸膛，铭刻于我的心胸。

我愿做大地母亲。凝神细听——
黑麦在夜间谈论关于还债和报应的秘密，
观看黑漫漫的天空漂游的星星，
仿佛是在用钻石的古文字绘制图纸。

1906

古米廖夫

尼古拉·斯捷潘诺维奇·古米廖夫（Никола′й Степа′нович Гумилёв，1886—1921），阿克梅派的领袖，诗人、批评家。其诗善于表现强有力的个性与冒险精神，把浪漫的灵魂与客观的形式融为一体。

手 套

我手上戴着一只手套，
我不愿摘下它并非偷懒，
这谜底要在手套上寻找。
甜蜜的回忆倏然进入大脑，
并把思想引进悠悠黑暗。

就在这手套上存有
可爱小手那纤纤玉指的触摸，
就像我的听觉记住了节奏，
这弹性的手套，忠实的朋友，
就这样一直保留着那美妙的感觉。

每个人都有自己的谜语，
它引领人进入悠悠黑暗，
我的手套就是我的谜语，
让我甜蜜地把伊人回忆，
我绝不摘下手套，在新的欢会之前。

1907

神奇的小提琴

——献给瓦列里·勃留索夫

可爱的孩子，你如此快乐，笑容如此明丽，
不要寻求这种毒害人世的幸福，
你还不懂，还不懂这小提琴是什么东西，
第一个演奏者将会有怎样险恶的恐怖！

谁一旦把它拿在发号施令的手中，
那他眼里就会永远失去宁静之光。
地狱里的鬼魂嗜好这威严雄壮的乐音，
残暴的豺狼在琴手的路上来回游荡。

这些响亮的琴弦必须永远悲泣、欢唱，
发狂的琴弓必须永远抖颤，永远飞旋，
无论丽日晴天，或风狂雪暴，浅滩白浪，
无论西方晚霞似火，还是东方朝霞满天。

你感到疲倦，速度减慢，乐曲也就随即停住，
再也无法叫喊、动弹和长叹，——
凶残的豺狼就会以嗜血成性的狂怒，
用利齿咬向咽喉，用尖爪猛扑胸膛。

你那时才明白，演奏过的一切都在恶毒地嘲笑你，
迟到而威严的恐怖逼视着你的眼睛。
忧郁的致命严寒，像衣服裹住你的躯体，
未婚妻痛哭失声，朋友们思虑重重。

孩子，继续演奏！这里看不见快乐和宝藏！
但我看见——你在欢笑，两眼光彩熠熠。
给，掌握这神奇的小提琴，正视那魔王，
做个小提琴家，光荣地死去，痛苦地死去！

1907

长颈鹿

今天我发现你的眼神特别忧伤，
抱膝的双手特别纤美。
请听我说：在遥远、遥远的乍得湖旁，
一只美丽绝伦的长颈鹿在缓缓徘徊。

它体态匀称秀美风姿绰约，
全身饰满了魔魅的斑纹，
能与之媲美的只有一轮圆月，

和空蒙湖面摇漾的重重月影。

远处长颈鹿恰似轮船的彩色船帆，
它那轻盈的奔跑就像鸟儿欢快的飞翔，
我知道，在地球上能看到许多异象奇观，
当日落时它躲进大理石岩洞里深藏。

我知道神秘国度许多快乐的故事，
讲那黑姑娘，讲那年轻酋长的激情，
但你太久地呼吸这沉浊的雾气，
除了雨，你不愿相信任何美景。

而我多么想给你讲讲那热带花园，
讲讲那挺拔的棕榈，讲讲那奇花异草的香味，
你哭了？请听我说……在遥远的乍得湖边，
一只美丽绝伦的长颈鹿在缓缓徘徊。

1907

当代生活

我合上《伊利亚特》，坐到窗户旁，
最后的诗句还在嘴唇上萦绕不去，

亮如白昼——是灯火还是月亮，
哨兵的身影在慢慢慢慢挪移。

我常常投出审视的目光，
也同样迎来回应的目光，
轮船昏暗账房中奥德修斯的目光，
小饭馆台球记分员中阿伽门农①的目光。

在那暴风雪肆虐的遥远西伯利亚，
剑齿象被冻结在银灿灿的冰层中间，
它们那荒凉的忧郁徐徐轻拂着雪花，
正是它们——用鲜红的血点燃了地平线。

书本使我忧伤，月亮使我苦闷，
也许，我根本不需要什么英雄……
瞧，那林荫小径上，如此温柔如此情深，
像达夫尼斯与赫洛娅②，男中学生挽着女生。

1911 年 8 月

---

① 奥德修斯（一译俄底修斯）和阿伽门农是希腊神话和《荷马史诗》（《伊利亚特》《奥德赛》）中的人物，前者是希腊联军的智多星，是他最后用"木马计"攻破了特洛伊城；后者是希腊远征特洛伊联军的统帅。

② 达夫尼斯与赫洛娅（一译赫洛亚）是古希腊列斯博斯岛上的一对青年男女。他们青梅竹马，一起放牧，长大后经过多次磨难，终于有情人终成眷属。详见朗戈斯、卢奇安：《达夫尼斯和赫洛亚真实的故事》，水建馥译，人民文学出版社，1986 年版。

阿赫玛托娃

　　安娜·安德烈耶芙娜·阿赫玛托娃（原姓"戈连科"，一译"高连柯"，А'нна Андре'евна Ахма'това—настоящая фамилия Го'ренко，1889—1966），阿克梅派代表诗人。其诗以爱情、自然、友谊等为主题，尤其善于表现爱情的悲剧。她善于通过精心挑选的细节、雕塑式的艺术形象，具有物质感、具象感、实体感的词语和意象，表现细腻隐秘复杂的内心活动与情感冲突，显形抽象的思想情绪，节奏匀称，诗句简洁凝练典雅。后期诗充满凝重的历史感，具有古典式的美，被公认为"诗歌语言的光辉大师"和20世纪的伟大诗人之一，并被称为"俄罗斯诗歌的月亮"。她与普希金组成俄罗斯诗歌的"日月双璧"。

灰眼睛的国王①

光荣属于你，漫漫无尽的悲伤！
昨天死去了那灰眼睛的国王。

秋天的傍晚窒闷，晚霞似火，
我的丈夫回家来平静地说：

"要知道，运回他是从那打猎之地，
在一棵老栎树旁找到他的尸体。

---

① 全诗仅交代了灰眼睛的君主被杀这一事实，而由这一事实引发的不同人物的反应，则通过多种方式表现出来：丈夫是漠不相关的叙述者，他对此十分"平静"；王后则像伍子胥一样，一夜之间头发全变白了；"我"默默无语地倾听，但丈夫一走，马上叫醒女儿，仔细观赏着女儿"那对灰色的小眼睛"——由此，暗示出"我"与死去的君主间非同一般的私情关系（英国学者伊莱因·范斯坦在《俄罗斯的安娜：安娜·阿赫玛托娃传》中明确指出："一开始丈夫无意中告诉妻子国王死了，就像我们从诗中读到的，妻子的痛苦和女儿的灰眼睛暗示出国王是孩子的父亲，而这个男人一直以为自己是女儿的亲爹。"）。全诗由多重对照衬托构成："平静"的丈夫与头发变白的王后——事不关己与切"夫"之痛；外表冷静的"我"与"平静"的丈夫——外冷内热与无动于衷；"我"与王后——一个是名正言顺的妻子，悲痛尽情迸发；一个是隐秘的情人，只能强压悲痛，默默怀念。如此丰富的心理内涵，如此错综复杂的情感关系，这样整整一部长篇小说的内容竟在短短的 14 行诗中生动含蓄传神地描绘出来！无怪乎俄国现代著名文学理论家日尔蒙斯基要极力称道阿赫玛托娃："每首诗都是一篇浓缩的小说，它描述的是小说情节发展到最为紧张的时刻，由此便有可能想象到事情的前因后果。"

"王后多么可怜。正当美好年华！……
一夜之间她就变成了满头白发。"

他找到自己的烟斗在那壁炉上，
于是便离开家去上夜班。

我立刻到床边把小女儿叫醒，
凝神细看她那双灰色的眼睛。

窗外的白杨却在沙沙细语：
"你的国王已不再活在人世……"

1910

爱　情

时而像条小蛇蜷缩成一团，
在心灵深处施展法术，
时而像一只鸽子，整天
在洁白的窗台上不停地咕咕，

时而在晶莹的霜花里闪烁，
仿若沉入紫罗兰的美梦……

可总是忠实而又神秘地
引导你远离欢乐与宁静。

在小提琴忧郁的祈祷声中，
它惯于如此甜蜜地痛哭，
然而，透过还不熟悉的笑容，
把它猜出，却又令人惊惧。

1911

深色的面纱下，我攥紧双手……

深色的面纱下，我攥紧双手……
"你的脸色今天为何如此惨白？"
——因为我用苦辣辣的忧愁，
把他醉得东倒西歪。

我怎能忘记？他走了，踉踉跄跄，
痛苦得扭歪了嘴唇……
我飞奔下楼，顾不上手扶栏杆，
紧追在他身后，直到大门。

我气喘吁吁地高喊："这一切

只是个玩笑。你要走了，我就会死亡。"

他平静而可怕地微露笑靥，

对我说："不要站在风口上。"①

1911

最后一次约会之歌②

心儿无助地卷起寒潮，

可我的脚步仍旧轻盈。

---

　　① 此处的对话经过"我"的急剧动作（急奔、连扶手也未扶）、"他"的表情特写的渲染，潜台词颇为丰富："我"既折磨他，又唯恐失去他；而"他"的回答更是绝妙——答非所问，是关心（这是一种外冷内热的表现，说明爱情还有希望），还是一语双关（不要老把自己置于激情的"风口"，否则会得病的，这与"平静而可怕"相连，说明他已心灰意冷，爱情的希望渺茫），抑或故意避而不答，顾左右而言他（那就毫无希望了）？

　　② 诗中脚步的"轻盈"与把左手的手套戴在右手上似有矛盾，然而它像台阶好像走不完，却明明知道"只有三级"一样，生动传神地展示了一位风度高雅而要强（被遗弃后在情人乃至人们面前力保风度、不失态），头脑昏乱但又清醒（因她意识到手套戴错了而且记得台阶"只有三级"）的女性那种激动、惊惶、痛苦、悲哀而又要强的复杂心理状态，而结尾的"瞥了一眼"，既是最后一次深情留恋，也是一种凄然告别。俄国学者在《俄罗斯白银时代文学史（1890年代—1920年代初）》（一）中认为："她把平平常常的感受（来自俄罗斯心理小说）'转换'为抒情主体的心理状态，用肢体语言表达出来，这是一种创新。"我国学者黄玫更具体地谈到，这首诗是一个爱情故事的片断，其情节与一般触景生情的抒情诗有所不同。诗人着力描写的不是景物和由此引发的各种感受联想，女主人公的心情主要是通过她的动作和心理活动刻画出来的，这些动作连续起来就像放电影一般，而读者似能够从银幕上看到女主人公的形象：从男友的房子中走出时的激动而慌乱，徘徊在秋的槭林中悲痛绝望，再回望来处时的平静和清醒。这个活动的画面多是借助于对动态的辞象的选择表现出来的。

我竟把左手的手套，
往右边的手上戴定。

台阶似乎多得走不完，
但我清楚记得——它仅只三级！
秋天的细语从枫林间
向我乞求："同我一起去死！

"我惨遭那变幻莫测的
阴郁、凶恶的命运欺骗。"
我回答："亲爱的，亲爱的——
我也一样。我死，和你做伴！"

这是最后一次约会的歌。
我瞥了一眼黑沉沉的楼房。
只有卧室里亮着的烛火，
冷冰冰地闪着黄惨惨的光。

1911

被热恋的姑娘总有千万种请求……

被热恋的姑娘总有千万种请求，

而失恋的姑娘任何请求也没有。
我多么高兴，此刻那潺潺的水流
在无色的冰层下已渐渐凝入静幽。

我就站在——愿基督保佑！——
这亮晶晶的易碎冰层上，
为了让后世子孙评判我们的交游，
请你把我的书信好好珍藏。

让他们更清楚、更明晰地了解你，
了解你的勇敢大胆、博学多才，
在你那灿烂辉煌的生涯里，
难道能够留下一大段空白？

尘世的美酒是那样香甜，
爱情的罗网却如此严密。
但愿孩子们终有那么一天，
能在教科书上读到我的名字。

但愿读到这悲伤的故事，
他们顽皮地微微一笑……
你不给予我爱情和静谧，
那就赏赐我痛苦的荣耀。

1913

离　别

一条斜路，黄昏时分
蜿蜒在我的前方。
就在昨天，我的恋人
还在恳求："别把我遗忘。"
而今天却只有晚风
和牧人的声声呼唤，
还有那激荡摇曳的雪松
挺立在清亮亮的泉水旁。

1914

这很简单，这很清楚……

这很简单，这很清楚，
这任何人都能一眼看出，
你根本就不爱我，
你对我从来就没有真情。
我为什么还要如此狂热

追求你这形同陌路的人，
我为什么还要在这夜深人静的时候，
每天都为你祈祷上帝？
为什么我要抛弃朋友，
扔下鬈发的孩子，
离弃我心爱的城市，
离开亲爱的故乡，
像一个脏兮兮的女叫花子，
在异国的首都流浪？
啊，可是一想到会见到你，
我就不禁心花怒放！

1917 年夏

奥西普·埃米里耶维奇·曼德尔施坦姆（一译曼德里施塔姆，О′сип Эми′льевич Мандельшта′м，1891—1938），阿克梅派的代表诗人。其诗把对文化的热爱与思索和对词语的挖掘结合起来，语言庄重、典雅，节奏优美、考究。

沉　默①

她还没有诞生出来，
她——既是音乐，也是词语，
她把一切生命连在一起，
因此是无法割断的纽带。

大海的胸膛平静地呼吸，
可白昼灿亮，亮得那么疯狂，
浪花那一枝枝苍白的丁香，
绽放在深蓝色的花瓶里。

但愿我的双唇
能获得太初的沉默，
恰似水晶般的音色，
生来便透明纯净。

做回浪花吧，阿佛洛狄忒②，
让词语还原为音乐吧，

---

①　原文是拉丁文。
②　阿佛洛狄忒，希腊神话中的爱神与美神（罗马神话叫维纳斯），传说是从
浪花中诞生。

让心面对心而愧疚吧，
并且与生命的本原融合！

1910

贝　壳

也许，你并不需要我，
深夜；从宇宙的深渊，
好似一只没有珍珠的贝壳，
我被抛到了你的岸边。

你冷漠地任波浪泡沫咝咝，
你一意孤行执拗地歌唱，
但你终究会爱，你会正确估计
这只无用的贝壳所说的谎。

你会和它一起躺在沙滩上，
你会穿戴上自己的衣饰，
你会把波涛那洪钟般的声响，
和它密不可分地连结在一起。

于是，一只外壁易碎的贝壳，

就像一间无人居住的心的小屋，
你会让它充满泡沫的喃喃诉说，
盈盈薄雾，柔柔轻风，点点雨珠……

1911

列宁格勒

我回到自己的城市，我对它熟知到热泪点点，
熟知它的每一条纹理，甚至儿童发肿的腮腺。

你回到这里——那就赶快大口
吞下列宁格勒沿河街灯的鱼肝油！

赶快去体验十二月的症候，
蛋黄已被搅入凶险的柏油！

彼得堡！我还不愿死啊：
你还有着我的电话号码。

彼得堡！我还存有一些地址，
通过它们，我能找到死者的音迹！

我住在黑漆漆的楼梯间，拽响的门铃，
敲击着我的太阳穴，令人苦痛。

我等待着尊贵的客人，彻夜不眠，
不时轻轻移动门上链子的钩环。

1930 年 12 月

赫列勃尼科夫

　　维里米尔·赫列勃尼科夫（真名为维克托·弗拉基米洛维奇，Велими′р Хле′бников —настоящее имя Виктор Владимирович，1885—1922），俄国立体未来主义的重要诗人。其诗歌极富实验性，试图在民间神话与现代思想的结合中探索人的宇宙生存。

我吹奏着自己的芦笛……

我吹奏着自己的芦笛，
我希冀世界如我所希冀。
听话的星星聚集成一个匀整的圆圈。
我吹奏着自己的芦笛，把世界赋予的角色扮演。

1908 年初

时光这苇丛……

时光这苇丛，
　　摇曳在湖岸边，
那里石片像时间，
那里时间像石片。
　　摇曳在湖岸边，
时光，苇丛，
摇曳在湖岸边，
　　喧嚣很神圣。

1908

我用火镰弯刀雕刻世界……

我用火镰弯刀雕刻世界，
我把微笑这摇篮送到唇边，
我用烟这幻影照耀山野，
掀起了往事的滚滚浓烟。

1908

弗拉基米尔·弗拉基米罗维奇·马雅可夫斯基（Влади′мир Влади′мирович Маяко′вский，1893—1930），20世纪最有影响力的俄罗斯诗人之一。早期属于未来派。十月革命后，更多转向社会政治诗。他在诗歌形式和语言运用上不断探索，大胆创新，形成了不落俗套的楼梯诗，激情澎湃，风格豪放，句式独特，语言新颖，在世界各国产生了颇大的影响。

夜

紫红和雪白抛开后又揉成了团块，
墨绿中投入了一把把金闪闪的杜卡特①，
恰似把一张张亮晃晃金灿灿的纸牌，
分发到聚拢来的窗户那乌黑的掌窝。

街心花园和广场一个个毫不惧怕，
望着身披蓝色托加②的一幢幢大楼，
而灯光，仿若一片片发黄的伤疤，
把脚镯戴在最早奔忙的行人脚头。

人群这只毛色杂多的灵敏的猫，
浪游着，扭来扭去，被一扇扇大门吸进；
从那被铸成整整一团庞然大物的欢笑，
每个人都试图尽力拽出一点点欢欣。

---

① 杜卡特是古代的一种货币，初为银币，后为金币，13 世纪通用于意大利威尼斯，以后欧洲许多国家都曾铸造。此处指金币。

② 托加是托加长袍（也称罗马长袍）的简称，这是最能体现古罗马男子服饰特点的服装，兼有披肩、饰带、围裙等作用。穿着时一般先在里面穿一件麻质的丘尼卡，然后将一块长约 6 米的长布（即托加）搭在左肩并围绕全身。只有男子才能穿托加，女子只能穿斯托拉和帕拉。

我感觉到连衣裙那召唤的利爪，
便朝它们的眼中塞入一个微笑；
黑人们敲打铁皮吓唬人并大笑哈哈，
头上的鹦鹉抖开翅膀五彩飘摇。

1912

爱　情

姑娘胆怯地用沼泽裹严自己，
青蛙那不祥的曲调四处扩散，
浅棕红头发的人在铁轨上迟疑，
满头卷发飞扬的机车嗔怪地隆隆向前。

风的玛祖卡狂舞穿透阳光的灼烤，
钻进了漫天的密密阴云浓浓雾气，
就连我——七月酷热的人行道，
女人都扔来一个吻——一个烟蒂！

抛弃城市吧，愚蠢的人们！
赤身裸体去接受如火烈日的冲刷，
把醉人的美酒注入胸皮囊中，

把雨吻注入炭火毁的面颊。

1913

月　夜

明月将出。
它的丽容
已微微显露。
啊，一轮满月已高挂空中。
想必，在天上
这是上帝
用神奇的银匙，
在捞着星星熬的鲜鱼汤。

1916

尼古拉·阿列克谢耶维奇·克留耶夫（Никола́й Алексе́евич Клю́ев，1887—1937），新农民诗歌流派最有影响的代表，他的诗富有宗法制农民生活气息和宗教色彩，对叶赛宁产生过影响。

爱情的开始是在夏天……

爱情的开始是在夏天，
结束则在秋季的九月。
你带着问候走到我身边，
一身少女服装朴素纯洁。

你亲手送我一枚红蛋，
作为血和爱情的象征：
小鸟啊，不要急着飞向北方，
春天可在南方，你稍微等等。

小树林泛出一片烟绿，
小心翼翼，无息无声，
但阻隔于帷幔的饰物，
隐藏的冬天无法看清。

可心灵感觉到：烟雾弥漫，
森林在迷迷蒙蒙地动弹，
浅紫夹灰蓝的夜晚，
那不可避免的欺骗。

哦，不要像小鸟一样飞进蒙蒙迷雾！
时光全都在灰白的雾幕中消磨——
你将变成一个穷兮兮的修女，
站在教堂门前台阶边的角落。

也许，我也会经过那教堂旁，
那样消瘦，穷得叮当响……
哦，请给我天使的翅膀，
不露踪影地紧随你飞翔！

不用问候把你哄骗，
也不用懊悔，徒耗心血……
爱情的开始是在夏天，
结束则是秋季的九月。

1908

我会穿上黑色的衫套……

我会穿上黑色的衫套，
紧随着昏暗的提灯，
沿着院子里的石板道，
走向断头台，满脸温情。

我将忆起油漆过的纺车，妈妈，
蓝色的夜晚，密林深处的蛛网，
在窗外过夜的寒鸦，
窗台上心爱的凤仙，

春汛时淹没的广阔草地，
割光草的田塍的寂静，
珍珠般的白云的飘移，
和麦浪中飘出的少女的歌声：

"在那窄小的田埂，
偏偏遇上了这无赖！
偏不巧系好的三角头巾
却突然分成两片散开！

"头巾在背上飘扬，
好像那亚麻长鞭，
你别想征服姑娘，
又高又壮的男子汉！

"一斧头劈不光
漫野的树干——
我实在没有胆量
爱你这剽悍的青年！

"白闪闪的白桦
渴望着甘霖……
小小的布谷呀，
别再咕咕我的命运！……"

城堡的阵阵钟响，
打断了少女痛苦的山歌……
这心灵的梦呓！只有河湾
正同岸边的芦苇唱和。

心灵的噩梦，坟墓般把人折磨！
天亮时渔夫把自己的风帆收起。
岸边村庄里的点点灯火，
恰似一颗颗软弱悲苦的泪滴。

1908

克雷奇科夫

　　谢尔盖·安东诺维奇·克雷奇科夫（Серге́й Анто́нович Клычко́в，1889—1937），和克留耶夫、叶赛宁齐名的"新农民诗派"诗人。其诗歌颂农民的劳动、乡村世代相继的古老的自然与风俗，善用极富特色的象征和色调鲜明的多神教形象，笔调细腻，有轻唱低吟的乐感，错落有致的层次感，色彩丰润的图画感。

秋

村边草地高坡的密林里，
森森古木丛中的小路上，
静悄悄地走着一位修士，
满脸忧伤，拄着拐杖。

他周围挺立的一棵棵白桦，
全都淹没于山雀的啁啾……
而林中的露珠，仿若泪花，
在泛着银光的睫毛上逗留。

他的篮子里有什么在响？
这是山杨树洒下的交响曲：
珠串，戒指，耳环叮叮当当，
晨露的珍珠噗噗坠地。

秋风秋雨已悄然登场，
凋萎的枝叶晃晃摇摇……
森林就像穷凶极恶的长官，
脸上两道烧焦的眉毛……

俭朴的修士采撷滚圆的珍珠，
是为了送给美丽可爱的姑娘，
却为了祭奠父母，
把珍珠遗失在路上。

1911

月　亮

月亮，月亮，从杨柳后升上天，
照见了我惨痛的分手！……
春天的朋友，胆怯的光线，
咱们一起走到村口！……

请在台阶边敲一敲门窗，
瞧瞧我那心上人，
我就在不远的教堂旁，
站在暗幽幽的椴树荫……

夜空的繁星在不停旋转，
清新的原野传来沙沙声响——
唉，她到底为什么忧伤，
又因思念谁而柔肠寸断……

请为她把戒指照亮，
请在戒指的宝石上闪光——
也许她会来到台阶上，
也许她还会把我挂念！……

要是她转过身去，没有回应，
脸上表情没有丝毫改变——
就请月亮孤孤零零
照耀在我心上人的台阶上！

1913

夜　晚

从沼泽那边低矮的旷野，
鹬群被吸引到耕地，
两岸的苇丛轻轻摇曳，
金色的波浪缓缓前移。

远方迷雾蒙蒙，
凸起的土地清新，黑油油，
田垄里的木犁投下虚影，

木耙的耙齿朝上躺在地头。

远处片片森林，仿若张张面庞，
天穹在把我们凝望……
银晃晃的暮霭茫茫，
在村庄的四周弥漫。

月亮从村头的农舍后升空，
于是，仿若铠甲，在农舍近旁，
在潮湿而蓬茸的青草丛中，
在窗户边一个个小水洼银光闪闪。

1914

牧羊人

我老是歌唱，因为我是歌手，
我歌唱不能用笔写出的诗篇：
我牧放羊群，在森林悠游，
在那晨雾蒙蒙的小河边。

早有流言传遍全村：
因为我常被吸引到台阶上，

少妇那机敏的眼睛

笑意盈盈地望着我的脸庞……

但我隐藏起我的忧伤，

我那善于歌唱的心灵一片静谧……

我如此惋惜自己的忧伤，

我不知道她是谁又在哪里……

常常一听到牧笛声响，

就有人唤我：牧羊人，牧羊人……

淡褐色的茸毛布满了我的面庞，

正午的炎热把我的眉毛烧焚……

我既是牧羊人，也是歌手，

我总是手搭凉棚眺望：

就像那羊群，我的歌讴，

四散在晨雾蒙蒙的小河边。

1914

冬

在台阶那边的草地后，

贝斯特罗杰奇卡河奔流汩汩①：
它的两岸打扮一新，
缀满珍珠琥珀般的饰物。

在它那蓝澄澄的深潭，
水生花和水藻绿苔布满水面，
还有沐浴着金光的楼阁。
它那门，就像一张小小叶片，
两个门闩鼻——隹的小颚，
还有那银光灿灿的小锁。

就像耳朵，屋顶翘向上方，
仿如眼睛，窗户凝视，
明亮的小房间旁是厢房，
窗里尽是红蓝宝石绿松石。

在台阶那边的草地后，
流淌着贝斯特罗杰奇卡河：
它的两岸打扮一新，
缀满珍珠琥珀般的饰物。

月亮趴在窗户上打盹，
太阳在原木屋脊处耀金，

---

① 俄文原文是 **Быстротечка**，意为"迅速流逝"，也可译为"光阴如矢河"。

名家诗歌典藏

云彩高悬，就像绒毛，
繁星在主梁上闪耀光华，
公鸡这出色的歌唱家，
在满楼阁信步逍遥。

一位老妇，白发苍苍，
全身缀满冰溜和白雪，
舞蹈在珍珠般晶莹的岸上，
屈膝弯腰，摇摆不歇。

1923

就像鸟儿，我的心灵……

就像鸟儿，我的心灵
栖居在那幽深的森林，
这世上不会诞生
太多这样的心灵。

满森林都聒耳着噪声：
在我们村庄旁，
铁的长蛇正在用
利齿把云杉的脚锯断。

云杉会在笨重的炉子里烧光，
仿佛罪人，在地狱受刑，
而用这些云杉，
可以建造多少豪宅华栋！

宽恕我吧，我的乡村，
你在整个森林一贯到底，
就连我自己也搞不清，
我怎么会来到这里？

望着疯狂的火焰，
我亲吻你的遗骸，
因为你使石头变暖，
因为你把恐惧赶开！

就在这地方我常常
做着同一个梦：
茂密的云杉，明亮的正房，
里面满是针叶的沙沙声，

房子的门厅明亮宽绰，
松香令人心怡神舒，
磴道是森林边的斜坡，
台阶前是河边的山谷，

苔藓像粗布地毯一样铺满地，
黑夜与白昼浑融成一片，
坐到放圣像的一隅，
坐在树墩做成的餐桌旁……

夜这茨冈女人正在占卜，
皱起眉毛望着繁星：
哪里有自备美食的神奇桌布，
哪里有好运和爱情？

可就连她也全然不知，
一列列星星间藏着什么秘密！
只有山岗上的乡村墓地，
用干枯的手频频致意……

1924

眼　泪

玫瑰痛苦地哭泣，在黑暗中抖落
因流泪而发黏的花瓣上的睫毛……
为何如此伤心、伤心地哭泣，宝贝？

那就哭吧，哭吧：我会严格点算眼泪多少，
我们永远都会认认真真地清算好！

我早已既不相信眼泪，也不相信甜言蜜语，
我很早很早就已不会抽抽搭搭地大哭，
即便我知道，只有野兽不会哭，
不会哭——这简直是羞愧和耻辱！

那就哭吧，我的朋友，不要吞下虚伪的眼泪，
也不要用披巾遮掩佯装的抖颤……
我对你是多么满怀谢意，宝贝，
因为你的幼稚，荒唐……还有谎言！

你瞧：我不是也在从这道门踱向那道门，
说实话：我自己都不知道，究竟该怎么办？
须知不会哭，不会哭的只有野兽……
我多么希望相信你，相信自己，
也相信甜言蜜语，再次进入热恋！

1930

　　谢尔盖·亚历山德罗维奇·叶赛宁（Серге′й Алекса′ндрович Есе′нин，1895—1925），20世纪俄罗斯最杰出的抒情诗人之一，俄国意象派诗歌的领袖。其诗善于描写自然和爱情，诗风真诚、温柔、忧郁。

稠李花纷纷飘飞如雪花……

稠李花纷纷飘飞如雪花，
繁花和露珠扮靓了绿野。
白嘴鸦俯身啄食嫩芽，
在田野的耕地间来往不歇。

丝绸般的绿草垂首低吟，
树脂丰富的松树香气四溢。
啊，你们，草地和阔叶林——
溶溶春色使我如醉如痴。

神秘的消息带来欣喜，
在我的心里熠熠闪光。
我思念着未婚妻，
只为她一人歌唱。

稠李呀，你雪花般纷纷飘飞吧，
小鸟呀，你在林中放声歌唱吧，
我要迈着节拍分明的步伐，
如浪花四溅向大地撒下鲜花。

1910

星　星

亮晶晶的星星，高渺渺的星星！
你们身藏什么秘密，秘不示人？
沉醉于深邃思想的星星，
你们用什么样的魅力夺人心魂？

密麻麻的星星，满盈盈的星星，
你们身藏一种什么美，什么威力？
你们又用什么，天上的星星，
让渴求知识的伟大力量着迷？

为什么当你们星光交映，
总把人诱向广袤无垠的天庭？
你们如此温情地凝望，抚慰心灵，
天上的星星，遥远的星星！

1911

夜

河水静静地安眠。
黑幽幽的松林不再喧闹。
夜莺不再歌唱，
长脚秧鸡也不再鸣叫。

夜。四周一片静谧。
只有小溪在潺潺吟唱。
月亮用自己的光彩熠熠，
为四周的一切披上银装。

河流闪着银光，
小溪银光灿灿，
露水浸湿的原野上，
青草也银光闪闪。

夜。四周一片静谧。
大自然的一切都在酣眠。
月亮用自己的光彩熠熠，
为四周的一切披上银装。

1911—1912

白　桦

一棵银灿灿的白桦，
玉立在我的窗前，
披着满身雪花，
仿若穿一身银衫。

毛茸茸的枝杈上，
镶满白雪的花边，
白色的花穗纷纷绽放，
仿如流苏一串串。

梦一般的寂静里，
白桦亭亭玉立，
金灿灿的阳光里，
雪花闪耀出亮丽。

而朝霞，慵慵懒懒
徘徊在白桦四周，
又把银辉片片，
洒上这白桦枝头。

1913

早 安!

金灿灿的星星昏昏欲睡，
河湾的镜面颤起了涟漪，
霞光映照着河湾的碧水，
晨曦染红了渔网般的天际。

惺忪的小白桦嫣然微笑，
披散着丝绸一般的发辫，
嫩绿的荬莫花簌簌舞蹈，
银亮的露珠在闪烁变幻。

一簇簇荨麻丛生在篱笆边，
用晶亮的珠链盛装打扮，
还淘气地点着头细语轻言：
"你好啊，早安!"

1914

秋
——致 P. B. 伊万诺夫①

陡坡上的刺柏林寂静无声，
秋这匹棕红母马在梳理马鬃。

在河岸上密密麻麻的草木丛中，
它那脚掌的蓝色叮当随风飘送。

苦行僧风小心翼翼地举步飞跃，
在陡峭的路面上轻踏片片落叶，

还在那花楸树丛中频频亲吻
看不见的耶稣身上那红色的伤痕。

1914

---

① 拉祖米克·瓦西里耶维奇·伊万诺夫—拉祖米克（1878—1946），俄国现代作家、文学批评家。

母　牛

它年老体衰，牙已脱光，
岁月的圈痕刻满了双角。
在轮作地的田垄上，
牧人的鞭打粗鲁而凶暴。

它对喧闹已感到心烦，
老鼠在墙角挠个不住。
它正愁戚戚地思念，
那只四蹄雪白的小牛犊。

不把娇儿还给亲娘，
生养的初欢就毫无意义。
在白杨树下的木桩上，
微风吹拂着小牛的毛皮。

不用多久，当荞麦飘香，
它也将有小牛一样的遭遇，
绳索也会套在它的脖子上，
然后便会在屠宰场死去。

它痛苦，悲伤，瘦骨嶙峋，
把双角刺进土地……
它梦见了白闪闪的树林，
和牧场的芳草萋萋。

1915

狗之歌

清晨，在黑麦秆搭成的狗窝里，
在一排金灿灿的蒲席上，
母狗生下了七只幼儿，
七只小狗全都毛色棕黄。

从早到晚母狗都在把它们亲舔，
用舌头一一把它们全身清洗。
在它那暖乎乎的肚皮下面，
淌流着融雪般的一股股乳汁。

可到了傍晚，当鸡群
纷纷蹲上了炉台，
走出了满脸愁云的主人，
七只小狗全都装进了麻袋。

母狗飞跑过一个个雪堆，
紧紧追踪着自己的主人……
而那还没有结冰的河水
就这样久久、久久地颤漾着波纹。

当它踉踉跄跄往回走，
边走边舔着两肋的热汗，
屋顶上空的新月一钩，
它也看成了自己的小小心肝。

它凝神望着幽蓝的高空，
悲戚戚地大声哀号，
纤纤月牙溜下天穹，
躲进山丘后田野的怀抱。

当人们嘲笑地向它投掷石头，
它却无声地接受，当作奖赏，
只是眼中潸潸泪流，
仿若一颗颗金星洒落在雪地上。

1915

我踏着初雪信步向前……

我踏着初雪信步向前，
心潮激荡如铃兰怒放。
在我的道路上空，夜晚
点燃了星星的蓝色烛光。

我不知道，那是黑暗还是光明？
密林中是风在吟唱还是鸡在清啼？
也许，田野上并非冬天降临，
而是无数天鹅落满了草地。

啊，你多美，莹白如镜的大地！
阵阵轻寒使我血液奔流加速！
多么想把我这火热的躯体，
紧贴住白桦那裸露的胸脯。

啊，遮天蔽日的森林绿雾！
白雪轻笼的原野令人心旷神怡！……
多想在柳树那木头的腿部，
嫁接上我的这一双手臂！

1917

我是最后一个乡村诗人……
——致马里延果夫[1]

我是最后一个乡村诗人，
我歌唱简朴的木桥，
用白桦叶神香袅袅的清芬，
我伫立着做告别的祈祷。

用肉体的蜡燃起的烛灯，
即将燃尽金晃晃的火焰，
而月亮这木质的时钟，
也将嘶哑地报出我的十二点。

很快钢铁的客人将到来，
出现在这蓝色田野的小路上。
红霞尽染的茫茫燕麦，
将被黑色的掌窝一扫而光。

没有生命的、异类的手掌啊，

---

① 马里延果夫（1897—1962），诗人，俄国意象派的创始人和理论家，叶赛宁的朋友。

有了你们，我的歌就难以存活！
只有这一匹匹麦穗马，
还会因思念老主人而难过。

风儿将摆出追荐舞蹈的阵容，
并吞噬麦穗马的声声嘶喊。
很快，很快，木质的时钟
就将嘶哑地报出我的十二点。

1920

玛尔托夫

埃尔·玛尔托夫（真名安德烈·埃德蒙多维奇·布贡，Эрл Мартов-настоящее имя Андрей Эдмондович Бугон，1871 —1911），俄国现代诗人。他的部分诗歌被编入勃留索夫的三卷本诗集《俄国象征主义者》（《Русские символисты》，1894—1895）。

菱　形①

我们——

黑暗里栖身。

双眼正在休息。

飘舞的夜的昏暗。

心灵在贪婪地呼吸。

有时传来繁星的细语呢喃，

挤压着人群的是一种蔚蓝的情感。

露水闪烁中一切昏昏欲睡。

让我们芬芳地吻醉。

马上就霞光熠熠！

再次低语。

像以往，——

那样！

1894

———————————

① 现实中的俄国苦役犯背上都有一块红色菱形标记，诗歌题目为《菱形》，诗行排列成菱形，其象征寓意就在于俄国社会本身就是一座大监狱。

帕斯捷尔纳克

　　鲍利斯·列昂尼德维奇·帕斯捷尔纳克（Бори́с Леони́дович Пастерна́к，1890—1960），诗人、小说家。他的前期诗歌怪诞奇特，后期朴实生动，1958 年因"在现代抒情诗和继承俄罗斯优秀小说传统方面所取得的杰出成就"而荣获诺贝尔文学奖。

二月。一触及墨水就泪水淋淋！……

二月。一触及墨水就泪水淋淋！
抽噎着书写二月的诗章，
直到轰隆隆响的泥泞，
熊熊燃起一个黑色的春天。

雇一辆轻便马车，花六十戈比，
穿过祈祷前的钟声和车轮的辘辘声，
朝着大雨如注的地方飞驰，
那里却比墨水和泪水更加喧腾。

那里，数以千计的白嘴鸦，
仿若一只只表面晒黑的秋梨，
从树上唰唰唰唰掉进水洼，
把干枯的忧伤猛地扔进我眼底。

这眼中融雪的地方已显露黑色，
风被各种叫声钻得满身是洞，
当你抽噎着创作诗歌，
越是偶然，就越是浑然天成。

1912

197

哭泣的花园

可怕的雨点！它滴落着，细听着，
　　仿佛这个世界只有它一个，
在窗边揉花边那样把树枝揉搓，
　　或许旁边还有一个目击者。

可那多孔的大地不堪积水的肆虐，
　　早已被重压得气喘吁吁，
但听见：在远处，就像在八月，
　　午夜正在田野里悄悄成熟。

万籁俱寂。也没有一个暗探。
　　它确信四周空寂无人，
于是照旧行动——蜷成一团，
　　穿过流水槽，滚下屋顶。

我把它举在唇边，凝神谛听，
　　仿佛整个世界只有我一个，——
正准备哽哽咽咽大放悲声，——
　　或许旁边还有一个目击者。

但一片静谧。树叶儿也不发一丝沙沙声。

    伸手不见五指的症状，除去

可怕的吞咽声和拖鞋瘆人的啪嗒

      以及夹在中间的叹息和泪滴。

1917

草　原

通往静谧的那些出口真是人间美景！
一望无际的草原，就像海景画，
针茅草长长叹气，蚂蚁爬出沙沙声，
蚊子的嗡嗡哀鸣在空中浮散飘洒。

云彩的草垛排成了长链，
又逐渐消散，仿如火山上的火山。
无垠的草原全身透湿，默默无言，
轻轻摇晃，慢慢挪移，推你向前。

浓雾像大海从四面八方包围我们，
在刺草丛中好似紧随马腿挪动艰难，
我们在海滨般的草原艰难前行多么销魂，
轻轻摇晃，慢慢挪移，推你向前。

雾中莫非是草垛？谁知道呢？
难道是我们的麦秸垛？我们走近。正是它。
找到了！它是真真切切的麦秸垛。
浓雾和草原从四面八方围裹住它。

银河朝刻赤方向漫漫铺开，
恰似牲畜暴土扬尘地走过的大路。
走过茅舍，你顿时透不过气来：
我从四面八方被敞露，全方位敞露。

浓雾催人入眠，针茅草清香似蜜。
针茅草被银河扔满了每一个角落。
浓雾会消散，黑夜也会从四下里
把麦秸垛和草原密密遮笼着。

浓荫的午夜在大路边亭留，
满天繁星重压在大路身上，
如果你不踩踏宇宙，
就无法穿过大路越过板墙。

漫天繁星依旧低垂得贴地，
午夜时分还在野蒿中浸泡，
灼灼发光，又像打湿的薄纱满怀畏惧，
紧紧挨着，身体蜷缩，渴盼结局来到。

让草原评判我们，让黑夜治愈我们。
创世之初，蚊鸣飘洒，蚂蚁爬行，
刺草就在长筒袜上安身，
到何时，到何时啊，才没有它们？

亲爱的，封闭它们！草原已迷住我的双眼！
整个草原仿佛已到了堕落的边缘：
整个草原被宇宙围抱，整个草原就像降落伞，
整个草原就像一个高高竖起的梦幻！

1917

路

时而翻上土堤，时而冲下深谷底，
时而又急转弯后直线向前，
道路就像一条蛇形的带子，
永远绵绵不绝地朝前蜿蜒。

按照远近配置的所有法则，
这一条条铺好的弯弯曲曲道路，
奔过路边茫茫的原野，

不飞溅污泥，也不扬起尘土。

你看道路飞越过一道堤坝，
对旁边的池塘一眼不看，
只有一群小小的雏鸭，
来回游过池塘的水面。

时而直插山脚，时而跃上山顶，
笔直的交通干线飞奔向前，
恰似那正当盛年的生命，
总是冲向高峰，总是奔向远方。

饱览千千万万种幻象，
跨越各种空间和时间，
翻越障碍，获得支援，
朝着自己的目标飞奔向前。

而无论做客还是在家，它的目标——
就是历尽千辛万苦，排除千难万险，
仿若岔向一旁的小道，
急转弯后又是柳暗花明的远方。

1957

伊万·阿列克谢耶维奇·蒲宁（一译布宁，Ива′н Алексе′
евич Бу′нин，1870—1953），杰出的诗人和小说家。他把现代主
义的艺术手法引进现实主义诗歌之中，对诗的语言韵律有一定的
革新，但终生思考生命、死亡、爱情等永恒问题，歌唱美和宁
静。1920年起流亡法国，1933年获诺贝尔文学奖。

暮色渐渐暗淡，远方渐渐幽蓝……

暮色渐渐暗淡，远方渐渐幽蓝，
  太阳正在慢慢落山，
四周除了草原还是草原，
  到处是庄稼在抽穗灌浆！
蜜香飘传，一片片荞麦
  花儿白灿灿地绽放田垄……
从村子里悄悄地传来
  召唤人们做晚祷的钟声……
而在远处的小树林间，
  布谷鸟懒洋洋地咕咕……
谁劳动后在田野里过上一晚，
  谁就会深深感到幸福！

暮色渐渐暗淡，太阳落下西山，
  只有晚霞红光熠熠……
谁饱览暖风轻拂的红霞满天，
  谁就会感到自己幸福无比；
黑沉沉的深夜里黑沉沉的天空，
  繁星闪烁着清光悠悠，
这光闪烁得那么温情，

频频向他致意问候；
谁白天在地里累得疲惫不堪，
　　在浩浩星空下的辽阔草原，
倒头便酣然安眠，
　　谁就会幸福无边！

1892

我十分幸福，当你抬起……

我十分幸福，当你抬起
蓝汪汪的明眸朝我凝望：
目光中闪耀着青春的希冀——
恰似那一碧如洗的蓝天。

我十分痛苦，当你垂下
黑黑的睫毛，默默无言：
你在爱着，却毫无觉察，
羞怯地把爱深藏在心间。

但无论何时，也无论何地，
靠近你我的心就大放光明……
亲爱的朋友！哦，祝愿你

美丽永驻，永葆青春！

1896

黑　夜

我在这个世界上寻觅
美与永恒的结合。
我遥望黑夜：只见沉默的沙地，
和苍茫大地上空的星光闪烁。

昴星团，织女星，火星和猎户星，
仿若古代的文字在深蓝的苍穹闪熠。
我爱它们在荒漠上空的流程，
和它们威严名字的神秘含义①！

就像我眼下这样，亿万双眼睛
曾经注视过振古如兹的行程，
而远古时代曾被它们照耀的所有人，
如沙漠上的脚印，在黑暗中消失无影：

---

① 据希腊神话传说，昴星团原是普勒伊阿得斯七位女神，后化为昴星团七星。火星的罗马名字马尔斯，原是罗马神话中的战神（希腊神话中名叫阿瑞斯）。猎户星在希腊神话中是俊美强壮的猎人俄里翁所化。

这些人不计其数，有情人和恋人，

有姑娘，小伙子，还有已出嫁的女人，

有黑夜和银光灿灿的晶莹星星，

有幼发拉底河、尼罗河，孟菲斯和巴比伦！

瞧，又是黑夜。在钢一样闪着微光的攸克辛海①上，

朱庇特②让天穹闪闪发亮。

一条光带水晶柱般闪闪发光，

映在海水的镜中，直到水天相连的地平线。

塔夫拉人③、西徐亚人④游荡过的海滨，

早已面目全非，只有大海在夏季的风平浪静里，

把发着磷光的蓝莹莹水尘，

一如既往温情脉脉地洒向礁石。

但有一样东西在用永恒的美把我们与

已经逝去的一切紧紧联结在一起。

也是这样一个黑夜，有一位少女

曾伴我来到海岸观赏拍岸的轻轻浪击。

---

① 古希腊人对黑海的称呼。

② 罗马神话中的天父和主神，希腊神话中称为宙斯。也指木星。

③ 居住在克里木南部的古代部落集团。

④ 公元前 7 世纪居住在黑海北岸的部落。

我永远不会忘记这个繁星密布的夜晚，
当时我为一个少女而狂爱整个世界！
哪怕我活着仅靠全然无用的幻想，
仅靠朦胧又骗人的幻想支撑一切，——

我在这个世界上寻觅
美与神秘梦一般地结合如一。
我爱它，是为了有着这种福气：
在一种爱中与所有时代的爱交融一体。

1901

黄　昏

对幸福我们往往只是忆念。
可幸福无处不在。也许，它就是
板棚后面秋色斑斓的花园，
就是流进窗户的清纯空气。

深不见底的天空，飘荡着一片白云，
它那白雪雪的边缘闪着淡淡的银光。
我久久注视着它……我们少见寡闻，
而幸福只和理解它的人结缘。

名家诗歌典藏

窗户敞开着。吱的一声，
一只小鸟落在窗台。我放下书本，
抬起疲惫的目光，就在那一瞬。

天正在夜着，苍穹空旷无垠。
从打谷场传来脱粒机的轰鸣……
我看着，听着，深感幸福。一切尽在我心。

1909

茨维塔耶娃

　　玛丽娜·伊万诺夫娜·茨维塔耶娃（Мари́на Ива́новна Цвета́ева，1892—1941），独树一帜的女诗人，她一方面注重借鉴、学习此前与同时代的各种文学经验，另一方面又大胆创新，形成了适合自己独特个性的艺术风格。她善于让寓言的格言化与句法的变体化相重合，联想的多变性与乐感的稳定性相交织，造词的新奇感与设喻的立体感相辉映，并把如火的激情、大度的跳跃、灵活的修辞、多变的音乐融为一体，因此其诗歌成就是俄国和外国传统多种流派尤其是现代主义流派手法的综合。1987年诺贝尔文学奖得主、大诗人布罗茨基认为，茨维塔耶娃是20世纪最伟大的诗人（一译：20世纪的第一诗人）。

两个太阳都在变冷……

两个太阳都在变冷——啊，上帝，请您佑庇，
一个——高挂在天空，另一个——就在我心里。

这两个太阳啊——我能原谅自己吗？
啊，这两个太阳曾怎样令我如痴如傻！

两个太阳都在结冰——它们的光不会再把人灼痛！
而燃烧得更炽烈的那个会最先变得冷冰冰。

1915

哪里来的这般柔情？……

哪里来的这般柔情？
我并非第一次把这样的卷发抚平，
我蜜吻痛吻过的嘴唇，
也比你的红得更深。

星星闪闪升起，又消失无影，
哪里来的这般柔情？——
我眼睛中的那双眼睛，
灼灼闪亮，又消失无踪。

在黑沉沉的深夜，我还不曾
听过这样的歌声？
哪里来的这般柔情？
我深深依偎在歌手的怀中。

哪里来的这般柔情？
你这调皮的外地后生，
这一腔柔情我该拿它怎么办，
你的睫毛——能不能更长？

1916

你的名字是手中的小鸟儿……

你的名字是手中的小鸟儿，
你的名字是舌头上的小冰块儿，
你的名字是嘴唇独一无二的发声，
你的名字由五个字母构成。

你的名字是飞行中被接住的小球儿，
你的名字是口中含着的银灿灿铃儿。

石头扔进静悄悄的池塘，
哗哗飞溅就像在把你呼唤。
深夜那轻轻的嗒嗒马蹄，
惊雷般大声呼唤你的名字。
朝着太阳穴扣动的扳机，
响亮动听地呼唤你的名字。

你的名字——唉，是不可能！——
你的名字——是亲吻眼睛。
你的名字是僵硬的眼皮下温柔的凛冽，
你的名字——是热吻白雪。
你的名字是碧澄澄、凉沁沁的一口清泉，
枕着你的名字——沉沉进入梦乡。

1916

哦，哀泣的缪斯，缪斯中最美的……

哦，哀泣的缪斯，缪斯中最美的！
啊，你，白夜豪放不羁的精魂！

你在俄罗斯卷起黑漫漫的暴风雪，
你的哀哭利箭般穿透我们的心。

我们赶忙躲避，发出低沉的感叹
千万声，它们纷纷向你起誓：
安娜·阿赫玛托娃！这个名字是浩然长叹，
它向下直坠，落入了无名的深渊底。

我们将得到加冕，只因为我和你，我们
脚踏同一片土地，头顶同一片蓝天！
那因你致命的命运而惨受重伤的人，
将永垂不朽，在那灵床上安然长眠。

我的城市歌声飞扬，圆顶金光熠熠，
流浪的盲人在赞美光明的天尊……
我把自己钟声悠扬的城市送给你，
阿赫玛托娃！再献上自己这颗心。

1916

我的大都市笼罩着漫漫黑——夜……

我的大都市笼罩着漫漫黑——夜，

214

离开睡意沉沉的家我走上——街，
人们心里想的是：妻子，女——儿，
而我只记得一个词：黑——夜。

为我扫清道路的是七月的——风，
远处的窗口隐约传来音乐——声。
唉，风儿猛吹吧直到那黎——明，
透过薄薄的胸壁直吹进我——胸。

一棵黑杨树，窗内灯光四——射，
钟楼钟声飘，鲜花在手中——握，
漫步而行，我是谁也不跟——着，
我只是影子，其实没有——我。

金闪闪珠串似的明——灯，
夜的树叶在口中味道——浓，
快快打开那白昼的囚——笼，
朋友们，让我走进你们的——梦。

1916

我要从所有的土地，所有的天空夺回你……

我要从所有的土地，所有的天空夺回你，
因为我的摇篮是森林，而森林也是墓地，
因为我在这大地——只用一条腿站立，
因为没有任何人能像我这样虔诚歌颂你。

我要从所有的时代，从所有的黑夜夺回你，
从所有的旗帜下，从所有的刀剑下夺回你，
我要扔掉钥匙，把狗从台阶上轰跑，——
因为在大地上的黑夜里我比狗更忠诚可靠。

我要从所有人那里，从那个女人身边夺回你，
你不会随便做谁的新郎，我不会随便做谁的妻子，
我要从黑夜与雅各角力的那个人①身边，
经过最后的争辩夺回你——请闭口不言。

然而在我尚未把你的双手交叉放在胸前——

---

① 据《圣经》故事，雅各与天使通宵角力，终于获胜，天使说："你的名，不再叫雅各，要叫以色列（攘夺者），因为你同神同人较力，都得了胜。"从此雅各便以"以色列"为名，意为"与神角力取胜者"。详见《圣经·旧约·创世记》32。

啊，真该诅咒！——你且留在自己的房间：
你的一双翅膀轻轻扇摇，正指向太空，——
因为世界是你的摇篮，世界也是墓冢！

1916

诗句生长，像繁星点点，像鲜花朵朵……

诗句生长，像繁星点点，像鲜花朵朵，
像家庭中那纯属多余的美。
至于那些桂冠和庄严的颂歌——
我只回答：哪会要它们增光添辉？

我们在沉睡——天外来客化身四叶草，
穿过大块石板，前来拜访我。
啊，世界！你可要知道——
诗人在梦中发现星星的规律和鲜花的法则。

1918

致一百年以后的你

一百年以后，你将降生人世，
命定必死的我，将喘口气，
从黄泉之下，亲笔
    给你写下这首诗：

朋友，不必找我！沧海桑田！
即便耄耋老人也无法把我记起。
嘴唇够不着亲吻！隔着忘川
    我向你伸出自己的双臂。

我看见你的双眼仿若两团篝火，
灼灼照进了我的坟墓，照进了地狱，
注视着手脚僵硬的死者，
    她一百年前就已去世。

我手中的诗稿已几近尘埃！
我看见：你栉风沐雨，
在寻找我出生时的邸宅，
    寻找我逝世时的屋子。

当你望着劈面相逢、容光焕发的欢笑女人，
我深感骄傲，我听见你说：
"一群金玉其外的女人！你们全都是死人！
　　　活着的只有她一个！

"我曾经心甘情愿为她效力，
一切秘密我全都知道，也知道她全部戒指的库房！
你们这帮掠夺死者的女强盗！——这些戒指
　　　全都是从她那里偷抢！"

啊，我那上百枚戒指！我真憾恨，
我平生头一次懊悔不已：
那么多戒指我竟随随便便送了人，
　　　——只因没有遇到你！

更使我悲伤的是，直到今天傍晚，
我每天每天都在追踪西沉的太阳，
只为迎来与你的相见——
　　　我熬过了整整一百年。

我敢打赌，你一定会把诅咒
投向我那些睡在黑暗坟墓中的友人：
"大家都尽情赞美！可谁都没有回酬
　　　她一件粉红的连衣裙！"

"有谁比她更无私?!"不，我很有私心！
既然不会伤害我，又何必瞒着他人：
我曾经恳求所有人给我写信，
　　　　以便在深更半夜亲吻它们。

说不说呢？说！死亡只是一种假设。
此刻在客人中你对我最情深似海。
你拒绝了众多情人中的天姿国色，
　　　　只是为了我这一堆遗骸。

1919